国を持たない作家の文学

ユダヤ人作家アイザック・B・シンガー

鶴見大学教授　大﨑ふみ子

目次

表紙の写真　ワルシャワのノジク・シナゴーグ（ユダヤ教会堂）。一九九八年八月撮影。ナチスによる占領中、厩として使われたが、一九七七年から八三年にかけて全面的に再建された。

はじめに

「国を持たない作家」とはどういう作家でしょうか。

亡命して国を棄てた作家、国を追われた作家、他国によって国が滅ぼされてしまった作家、あるいは、自らの意志で母国を出て、いくつかの国を転々としている作家などが思い浮かびます。そういった想像をめぐらすとき、私たち日本人は無意識のうちに、「国」というものは、たとえなんらかの事情でその人が今そこにいないとしても、誰にでもあるもの、または、他国によって滅ぼされたとしても、その人にとってかつては存在していたもの、と思っているのではないでしょうか。つまり、人が本来属しているはずの「国」は誰にでもあるということを前提にして考えているのではないでしょうか。この小著が取り上げるアイザック・バシェヴィス・シンガーは、そうした前提からはずれる作家です。

シンガーは、ポーランドの首都、ワルシャワ近郊の村で生まれました。しかしシンガーはポーランド人ではありません。シンガーの長編小説『ショーシャ』で、作者シンガーと重なる部分の多い語り手アーロンは、「先祖たちは私が生まれるよりおよそ六、七百年前にポーランドに移住したが、私はポーランド語をほんの数語しか知らなかった」と言っています。なぜそのようなことが起きるかというと、アーロンは、そして作者シンガーも、ポーランドという国に何百年も暮らしてきた他民族、ユダヤ人だったからです。ポーランドのユダヤ人はイディッシュという言葉を使い、都市ではユダヤ人街、地方ではユダヤ人村という、彼ら独自の共同体を形成して生活していました。

ユダヤ人と呼ばれる人々は非常に長い歴史を持っています。現在イスラエルという国があるところに、ユダヤ民族の祖とされるアブラハムがやって来たのが紀元前二〇〇〇年頃のこととされています。紀元前一〇〇〇年頃にはダビデ王が古代イスラエルの統一王国を作りますが、ダビデ王のあとを継いだソロモン王が亡くなると王国は南北に分裂し、紀元前六世紀には、残っていた南王国もバビロニアに滅ぼされ、バビロン捕囚の時代に入ります。その後ペルシア帝国による解放、それに続くエルサレムへの帰還と神殿の再建がありました。時代がさらにくだってイエス・キリストが誕生した頃にはローマ帝国の属州となって命脈を保っていましたが、紀元七〇年にそれも完全に滅ぼされてしまいます。現在エルサレムには「嘆きの壁」と呼ばれる石造りの壁があり、その壁に向かって大勢のユダヤ教徒が体を前後にゆすりながら祈りを捧げている光景をテレビ等で目にすることがありますが、その「嘆きの壁」とは、このときローマ軍に破壊されたユダヤ教の神殿の西側の壁の一部だと言われています。それ以後、二千年近くのあいだ彼らは国がないまま諸国に寄留し、第二次世界大戦を経てようやく一九四八年に現在のイスラエルを建国するにいたりました。こうしてユダヤ人は彼らが言うところの先祖の地に再び国家を持つことができたわけです。ですからイスラエルは世界中、つまりロシアやヨーロッパ諸国、南北両アメリカ、中東、アフリカなどに散らばって暮らしているユダヤ人にとって精神的な「故国」となりうるはずですし、実際に多くのユダヤ人がさまざまな国からイスラエルに「帰還」しました。ところがシンガーの主人公たちにとって、イスラエルは決して「故国」ではありません。

ポーランドで生まれて育ち、作家活動の大半をアメリカで送り、その間にイスラエルの建国を見たシンガーですが、いずれの国もシンガーの「故国」にはなりえていません。しかし、だからといって根無し草というわけではなく、「故国」に代わって彼を支える世界がありました。そしてその世界を彼は生涯、作品に描き続けました。シンガーが作品において最も多く取り上げたのは、第二次世界大戦以前の東ヨーロッパの、特にポーランドを中心とするユダヤ人の生活です。ニューヨークに暮らすユダヤ人の物語も書いていますが、それは東ヨーロッパからの移民の第一世代の話に限られ、昔のユダヤ共同体の価値観を棄てきれずにいる人々を描いています。この、ポーランドを中心とするかつての東ヨーロッパのユダヤ共同体こそ、シンガーにとって「故国」に代わるものでした。そのユダヤ共同体の考え方や世界観は、国を持ち、一国の国民として生きている私たちのあり方とは大きく異なっています。国を持たずに生きた人々の価値観、世界観がどのようなものであったのか、そして、その中から生まれた作家が、作品の中にどのようにその世界を再現し、何を私たちに提示しているかを見ることがこの小著の目的です。

第一章　シンガーとイディッシュ

アイザック・バシェヴィス・シンガーは一九〇四年にポーランドのレオンチンという村で生まれ、一九〇八年に家族でワルシャワに移り住みます。当時のワルシャワは人口の約三十パーセントがユダヤ人だったと言われており、ゲットーと呼ばれることもあるユダヤ人街がいくつもありました。シンガーの父親はそうしたユダヤ人街の一つ、クロホマルナ通りのラビでした。ユダヤ教の教えを律法あるいはトーラーと言い、ラビはその専門家で、ユダヤ人にとっては宗教上、精神上の指導者です。地方でも都市でも、伝統的なユダヤ共同体の人々はユダヤ教の教えと、六百十三あるとされる戒律に基づいた生活をしていました。ラビはトーラーと戒律の専門家ですから、ユダヤの人々から尊敬され、重んじられる存在です。けれども生活や金銭面での豊かさに直接結びつくものではなく、シンガーの一家も大変に貧しい暮らしを強いられました。シンガー家の生活は地域のユダヤ人たちによって支えられていましたが、その人々がそもそも非常に貧しい暮らしをしていましたし、人々からお金を集めてラビに渡す徴収人が不正を働いたりすると、一家はたちまち困窮しました。幼い頃の生活を記した『私の父の法廷で』にシンガーは次のように書いています。

とうとう家には一片のパンもなくなり、店の主たちはツケで売ってくれなくなった。ぼくはもう、毎日の二グロシェン〔通貨の単位。小銭〕がもらえず、キャンデーやチョコレートを買えなくなった。家賃が払えなくなり、家主はぼくたちを脅して、裁判所に訴えて家具を競売にかける、と言った。父は祝福の祈りを朗唱して「この世の者が差し出す品をわれらに味わわせることなかれ」と唱えるとき、よく天を仰いでは、いつもより深いため息をついていた。安息日〔ユダヤ教では金曜日の夕刻から土曜日の夕刻まで〕の食べ物がまったくないときに、トーラーを学び、ユダヤ人でいることができようか？

やがて第一次世界大戦が勃発し、終戦となった一九一八年に、分割統治されていたポーランドが独立します。一九二三年にシンガーは、十一歳年上の兄イスラエル・ジョシュア・シンガーが共同編集者をつとめていた文芸雑誌に校正係りとして雇ってもらい、兄の後を追って文学の世界に入っていくことになります。一九三三年にはヒトラーがドイツで政権を取り、その二年後、つまり第二次世界大戦が起きる四年前にシンガーはアメリカへ渡りますが、これも先にアメリカへ移住し、作家として成功していた兄イスラエル・ジョシュアを頼ってのことでした。これ以後シンガーは一九九一年に亡くなるまで、アメリカで多くの作品を発表してゆくことになります。

さて、シンガーは作品を何語で書いたのでしょうか。ポーランド生まれのシンガーですが、母語は最初に述べたイディッシュという言葉であって、彼は作品を母語のイディッシュで書きました。これは当然のことのように思われますが、実はそう単純な話ではありません。

イディッシュは今から千年くらい前にライン地方で成立したと考えられている、ユダヤ人固有の言語の一つです。ロシアを含めた東ヨーロッパのユダヤ人はこのイディッシュを日常生活に用いて生活し、彼らが寄留している国がどこであるかを問わず、これをその地域のユダヤ人の共通語としていました。ところが第二次世界大戦が起こり、ナチス・ドイツによるユダヤ人の大量虐殺、すなわちホロコーストが始まります。イディッシュの話し手は、第二次世界大戦前にはおよそ一千百万人だったと推定されていますが、そのうちの五百万人がナチスによって殺戮されたとされています〔ジャン・ボームガルテン著『イディッシュ語』（白水社、文庫クセジュ）による〕。ナチスによって殺害されたユダヤ人の数は約六百万人だったという推定があり、それが正しいとすれば、殺されたユダヤ人の六分の五がイディッシュの話者だったことになります。また、第二次世界大戦後には多くのユダヤ人がイスラエルとアメリカで暮らすことになりましたが、イスラエルは公用語にイディッシュを含めませんでしたし、世界で最もユダヤ人口の多いアメリカでは、英語を用いるのが当たり前となりました。こうした事情からイディッシュの話者数は激減し、現在もイディッシュを日常語としている集団はあるものの、作家の立場からすれば、読者数は危機的に激減しました。シンガーは作家活動のほとんどをアメリカで送りましたから、なおのこと、英語に切り替えたほうが作家としては圧倒的に有利でした。シンガー自身も、「自分が書いているあいだにも読者の幾人かが死んでゆき、代わりの人たちが生まれてくることはない」〔ジョエル・ブロッカーとリチャード・エルマンによる一九六三年のインタヴュー〕と意識し、「アメリカで、だれがイディッシュを必要とするだろう?」〔短編小説「コニー・アイランドでの一日」〕と、作中人物に語らせたりしています。シンガーは自作を自ら英語に翻訳することもありましたから、英語で書けなかったわけでもありません。それにもかかわらず彼はイディッシュで作品を書き続けました。母語であるということのほかに、何か理由があったのでしょうか。

イディッシュは中世ドイツ語を基にしてできた言語で、語彙の多くはドイツ語に由来しますが、ヘブライ語、アラム語、スラブ語などからの流入も見られます。そのため「混成言語」、「雑種言語」、「くずれたドイツ語」などと呼ばれることもありました。シンガーは『ショーシャ』の中で、「一つの言語とはまったく思わない人たちもいる」と書いています。つまり、言語としての評価は決して高いものではありませんでした。また、ユダヤ共同体の中でのイディッシュの位置づけも、ヘブライ語と比較するとはるかに低いものでした。ヘブライ語は神の言葉が記された聖書の言葉であり、「聖なる言語」と呼ばれて神聖視され、もっぱら礼拝と学問のための言葉として用いられてきました。伝統的なユダヤ共同体において学問とはユダヤ教を学ぶことで、それがもっとも尊敬されるおこないでしたから、ヘブライ語は非常に高い地位にあり、これを学ぶことが男子のつとめとなっていました。一方イディッシュは「おかあちゃんの言語」と呼ばれて愛されてはいましたが、ヘブライ語のできない女子供や無学な者の言葉とされ、日常の卑近なことがらを扱う民衆の言語という位置づけでした。

それに加えてイディッシュは、シンガーが一九七八年にノーベル文学賞を受賞したときの講演で語ったように、「流浪の言語」でもありました。すでに述べましたが、ユダヤの人々は紀元七〇年にローマ軍によって国が滅ぼされて以来、約二千年のあいだ自分たちの国がないまま、世界中に散らばって暮らしてきました。ユダヤの人々がパレスチナ以外の土地に暮らすことを流浪、あるいは離散と呼びますが、イディッシュはまさにその流浪・離散の産物だったわけです。この流浪の時代、ロシアや東ヨーロッパの国々で生活したユダヤの人々は常に差別・迫害されてきましたし、そうした地域のユダヤ共同体の暮らしはほとんどの場合、大変貧しく、厳しいものでした。彼らが寄留している国の国民であるキリスト教徒たちは、自分たちの国の中で共同体を形成しているこれらの貧しいユダヤ人たちを蔑視し、彼らの言葉であるイディッシュを見くだしました。さらに十八世紀になると、ユダヤ人の中からさえイディッシュを否定する動きが出てきます。

ユダヤの人々は代々、親から子へとユダヤ教を受け継ぎ、ユダヤ教の価値観に基づく昔ながらの生活を守ってきました。旧約聖書と、紀元五〇〇年頃に完成したと言われているタルムードを聖典とし、それらに基づく戒律を遵守することが、この人たちには何にもまして重要なことでした。けれどもやがてヨーロッパの国々が次々と近代化を成し遂げてゆく時代になり、さすがに十八世紀にもなると、ユダヤ人の中からもユダヤ啓蒙主義運動、ユダヤ近代化運動が起こってきます。こうした人々は代々受け継がれてきたユダヤ共同体での暮らしを、周囲の国々から孤立した閉鎖的な生活であり、近代化に取り残された貧しい、脱却すべき暮らしであると考えました。彼らは、ユダヤ人も近代的な知識や科学を取り入れ、近隣の民族の風習に適応すべきであると主張しました。そうすれば迫害されることもなくなり、キリスト教徒と平等な市民として扱われるだろうと信じたのです。彼らはその過程で、時代遅れのユダヤ共同体の言語であるイディッシュを軽蔑し、近代化を阻むものとして敵視することさえありました。

シンガーは一九〇四年の生まれですから、もちろんこうした人々の主張を知っています。こうした人々はシンガーの小説の中で「解放されたユダヤ人」と呼ばれています。彼らはたとえば『荘園』という長編小説にも登場します。『荘園』の舞台は十九世紀中頃から二十世紀初めにかけてのポーランドです。ポーランドはフランスやドイツなど、西ヨーロッパに較べて近代化が大幅に遅れ、進歩的な思想の浸透も遅かったのですが、それでもこの時代には、伝統的なユダヤ共同体に批判的なユダヤ人たちが多く現れてきていました。そうした人物の一人としてワレンベルクというユダヤ人実業家が登場します。ワレンベルクは「解放されたユダヤ人」を通り越してキリスト教に改宗してしまい、「私はもはやユダヤ人ではない」とさえ言う人物で、次のように語って『荘園』の、まだ青年の主人公エズリエルに大きな影響を与えます。

時代は彼ら〔ユダヤ人〕を通り過ぎてゆく。人類は進歩するが、彼らは万里の長城の背後にいる中国人と同じで、じっとしたままだ。もちろん私はポーランドのユダヤ人のことだけを言っているのであって、西ヨーロッパのユダヤ人のことを言っているわけじゃないがね。〔略〕まず第一にきみがしなければならないことはポーランド語の文法をものにすることだ。ポーランドに住みながらわけのわからんなまったドイツ語でぺちゃくちゃやるなんてばかげているし、さらにもっと滑稽なのは、十九世紀の後半に生きていながら大昔の人間であるかのようにふるまうことだ。

「わけのわからんなまったドイツ語」というのは、語彙の八割がドイツ語に由来すると言われているイディッシュのことです。イディッシュは啓蒙主義の観点からみれば、同胞のユダヤ人からもこのように見なされる言語でした。イディッシュはまた、周囲の国々の近代化に取り残されて、その恩恵にあずかることなく、貧しい時代遅れの暮らしを続けているユダヤ共同体の象徴でもありました。同じく『荘園』に登場するオルガというユダヤ女性は、キリスト教に改宗したユダヤ人と結婚し、彼女自身も改宗しますが、あるとき偶然に、伝統的なユダヤの葬式につどう人々を見て、「こんな不潔さに戻るくらいならいっそ死にたいわ!」とまで叫びます。シンガーは、ノーベル賞受賞講演の中で、「私にとってイディッシュと、それを話す人々のふるまいは同一のものである」と述べています。生涯、作品をイディッシュで書き続けたシンガーは、イディッシュという言葉だけではなく、イディッシュを母語とした人々の生活にも価値を見出していることになります。近代的な暮らしを知ったユダヤ女性が、イディッシュの共同体に戻るくらいなら「いっそ死にたい」と叫ぶ、そのような暮らしのどこに、シンガーは作品として残すべきものを見ていたのでしょうか。それこそシンガー文学の中核であると思われます。

第二章　現代社会の対極にある世界

　オルガのような女性が死んでも戻りたくないと言った生活に、自ら身を投じた現代人の物語をシンガーは書いています。『悔悟者』という小説がそうです。この作品は、まさに私たちのような現代文明の中で生きる主人公が、自ら進んで過去の世界に入ってゆく物語です。主人公はヨセフ・シャピロといい、現代社会を捨てて、昔ながらのユダヤ共同体の価値観を守り続ける集団へ戻ってゆくのですが、その次第を、聞き手のシンガーに二日間にわたって語る、という設定になっています。シャピロは、第二次世界大戦をなんとか生き延びて、戦後、ポーランドからアメリカへ渡り、不動産業で財産を築きました。ニューヨークで彼はいわゆる「勝ち組」になり、そんな生活ができたら、と多くの人がうらやむような暮らしをしています。住まいはマンハッタンの高級住宅街にある大きなマンションで、郊外に別荘もあり、ほしいものはなんでも手に入れることができます。妻は文化的な関心も教養もある女性で、戦争で中断された勉強を再開したいと言うので、シャピロは大学院に進ませてやり、夫婦とも互いになんの不満も感じていません。金はあり余るほどあるので、四方八方から求められる寄付にも無造作に応じています。なんともうらやましい限りですが、さて、そうなると私たちは何を始めるでしょうか。シャピロは次のように言います。

　金は大いに儲けたが信仰がない場合、人は一つのことに精を出し始めます。どうやって可能な限りあらゆる快楽に割り込むかということです。

　シャピロの場合はどうだったかというと、彼は愛人を作りました。愛人は何かと理由をつけて金をせびり、彼は不快に思いながらもそれに応じていますが、ある日、彼女に自分以外の情夫がいることを知ってしまいます。吐き気がするほど嫌気がさして逃げるように家に帰ると、今度は驚いたことに、妻が男と密会しているところに出くわします。要するに、妻も愛人も彼とまったく同じことをしていたわけです。妻と愛人のそうしたあさましい姿を見て、シャピロは、自分のこれまでの生活が、歯止めのないままひたすら快楽を追い求めるだけの生活であったこと、そしてそれがいかに醜いものであったかに思いいたります。同時に彼は、こうした生活を可能にしている、アメリカに代表される現代文明を心の底から忌まわしく思います。金と物が中心のアメリカのような社会は、快楽の追及こそが幸福であると人々に思い込ませ、物質的・肉体的な充足感の獲得が人生最大の目的であるかのように錯覚させるからです。シャピロは、自分や自分のまわりの者たちが、物質的には豊かであっても、道徳的・倫理的には堕落の極みにあると気づいて、妻のいる自宅からも逃げ出します。翌朝、ホテルで新聞を開くと、彼が今、どのような世の中に暮らしているのかが、これでもか、これでもか、とばかりに書かれています。

…そこには、私が逃れたいと思っているあらゆるものが出ていました。戦争、革命の賛美、殺人、強姦、人を小ばかにする政治家の約束、うそばかりの社説、愚かしい書物をほめ讃え、汚らわしい演劇や映画を賞賛する言葉。〔略〕

その日はある殺人犯が逮捕されたのですが、その男は以前にも同じ罪で数回訴えられながら、そのたびに保釈やら仮釈放やらで放免されてきたのです。その男の写真も載っていて、彼の弁護士の名前も出ていましたが、その弁護士の役割はこの殺人犯に罰をのがれる方法を教えてやって、罪もない人をもっと殺せるようにすることでした。

シャピロは、アメリカで商売上の成功を積み重ねてゆく過程で、「民主主義、法律、自由についてのご立派なおしゃべりにもかかわらず、世界は常に、力が正義を生むという原則に従ってきたし、今でもそうだ」という思いを深めてきてはいましたが、ここにいたってその思いは動かしがたい確信に変わり、さらに、自分もまたその恩恵を最大限に享受してきた偽善者だったと痛感します。彼自身が、善悪を基準に行動するのではなく、権力や金の力に従い、商売で成功するためには賄賂を贈り、ものごとを金銭で動かし、そうして得た金をひたすら快楽の追求に費やしてきたからです。彼の考えた解決策は、こうした社会から逃げ出すこと、こうした社会からもっとも遠いところへ行くことでした。シャピロにとって、それは、彼の「祖父たち、曽祖父たちのユダヤ性」、すなわち、第二次世界大戦前のユダヤ共同体の生活でした。そうした伝統的なユダヤ共同体の人々は、現代文明が差し出す快楽を追い求めようとはせず、周囲の近代化に合わせるべきだと主張する啓蒙主義を拒否し、昔ながらのユダヤ人であり続け、イディッシュで生活していたのでした。

そこでシャピロは、マンハッタンの南東部、ロウアー・イーストサイドという地区に向かいます。そこはヨーロッパから到着したユダヤ移民がアメリカでの生活の第一歩を踏み出した場所でした。アメリカへのユダヤ移民の数は、ロシア帝国領内でのポグロムと呼ばれるユダヤ人虐殺が頻発した十九世紀の終わりから、アメリカが移民の受け入れを制限し始める一九二〇年代半ばまでがピークとなりました。この期間に、ロシア及び東ヨーロッパから大量のユダヤ移民がアメリカに押し寄せます。この人々の多くはほとんど無一文でアメリカに到着し、母語はイディッシュで、英語ができませんでしたから、まずは先に来ていたユダヤ移民が多く住むロウアー・イーストサイドに住居を求めたのです。そこでならイディッシュが通じたし、ユダヤの文化や風習を共有することもできました。ただしここでの生活環境は劣悪で、光も風も入らない、テネメントという暗く狭く不潔な共同住宅にひしめき合って住み、低賃金の長時間労働を余儀なくされました。ユダヤ移民はこうした生活を歯をくいしばって耐え忍び、やがていくらか蓄えができるとロウアー・イーストサイドを出て、もっと生活環境の良いところへ移っていったのです。

シャピロの物語は第二次世界大戦後のことですから、ユダヤ移民も多くがすでにロウアー・イーストサイドを後にしており、かつてのようにイディッシュが飛び交う、ユダヤ移民であふれかえる地区ではなくなっていて、むしろ寂れた様子です。それでもまだそこは、アメリカの中では、旧大陸のユダヤ共同体での暮らしを多少とも思い出させる界隈でした。シャピロはここで、彼自身にも信じがたい幸運に恵まれて、このアメリカにあって、いまだにかつてのユダヤ的な暮らしと価値観を守り、昔ながらのイディッシュを話す人々に出会います。シャピロが出会ったのは、老齢である上に重い病気を患っているラビと、そのラビを支える年老いたユダヤ人たちでした。ユダヤ教では定足数といって、公的な祈りを捧げるにはユダヤ教徒としての成人、すなわち十三歳以上の男子十名が必要なのですが、シャピロが出会ったこの人々は、その十名を集めるのも苦労するほど人数が少なく、また、老人ばかりでした。しかし、この人々こそ、シャピロが求めた「祖父たち、曽祖父たち」のような「昔ながらのユダヤ人」であることを、シャピロはすぐに理解します。彼らのいかにも貧しげな様子を見て、シャピロが次のようなことを言い出したときのことです。

私はみんなにこう告げたのです。「私には金があります。だから援助の必要な方にはどなたにでも差し上げます。」私は当然、私のまわりで大騒ぎが起こるものと思っていました。手がいくつも伸びてきて、口々にこう叫ぶ、「くれ、くれ」とね。現代の人たちのあいだではそうなるはずだと思い込んでいたようにです。現代の人たちは、どれだけ人から奪おうとも、決して満足しませんからね。だがここのユダヤ人たちはただ当惑して私を眺め、ほほえんでいるだけで、まるで私が彼らのために何か役を演じているかのような顔つきでした。

これまでシャピロのまわりにいた人々は、何かにつけて彼に金を要求しました。愛人がそうでしたし、これから妻と離婚することになれば、妻は弁護士を雇って、できる限り彼から金を得ようとするでしょう。また、多くの人々がさまざまな口実で彼に寄付を求めてきました。ところがロウアー・イーストサイドでシャピロが出会った人々は、彼らの中でもっとも金銭的に困っているはずのラビでさえ、「必要なものはなんでも持っています、神のおかげをもちまして」と言うのです。まさにアメリカ社会の対極に位置する人々だと言えるでしょう。

ただし、病気の上に高齢のラビを中心とする、ここのわずかばかりの老人たちのもとにとどまっていても、すぐに指導者も同胞もいなくなることは目に見えています。このままアメリカにいれば、必ずもとの物質主義、金銭万能主義、また、力あるものを正義とする社会に舞い戻ってしまうと思ったシャピロは、即座に換金できた資産だけを持って、その日のうちに先祖の地、イスラエルに向かいます。ところがシャピロの期待はみごとに裏切られます。イスラエルという国がシンガーの主人公たちにとって「故国」とはなりえないことはすでに指摘しておきました。シャピロに関しても、まさにそうです。イスラエルに到着した彼はひどく失望します。看板などの文字が英語ではなくヘブライ文字で書かれ、聞こえてくる言葉がヘブライ語だということを除けば、ニューヨークとまったく変わりがなかったからです。タクシーの窓から通りを眺めて、彼は愕然とします。

人々は私が十五時間前にニューヨークで見た人々そっくりそのままでした。非ユダヤ人ふうの装いをし、非ユダヤ人らしく見えました。顔には同じ性急さ、同じ現世的なあわただしく貪欲な気持ちが映し出されていました。ほかのタクシーが私たちを追い抜こうとし、あやうく二台ともひっくり返るところでした。私の運転手がヘブライ語で相手の運転手をののしり、彼に向かってこぶしを振り回しました。テルアビブに入りました。映画館を通り過ぎると、看板に出ていたのはけばけばしい女優と、銃を持つ荒くれた顔つきの男たちでした。ここではニューヨークと同じ屑みたいな映画を上映していました。書店を通り過ぎたときには、ニューヨークで見たのと変わらない安っぽい小説を目にしました。運転手は私をダン・ホテルに連れていきました。ブロードウェイのどこかのホテルに来たようなものでした。

シャピロの受けたこうした印象はテルアビブで数日を過ごすあいだに深まる一方でした。離散の身から一国の国民となったユダヤ人は、多くの国々の一つとなっただけで、彼らを特異な存在としていたユダヤ性を失っている、とシャピロは感じます。彼が、妻も、愛人も、高級マンションも、仕事も、地位も、すべてを棄てて求めたのは彼の祖父や曽祖父が持っていたようなユダヤ性であり、一国家としての「ユダヤ人の国」ではありません。流浪という境遇にありながらも、親から子へと絶えることなく受け継がれてきた昔ながらのユダヤ的なものの見方や考え方、生活を彼は求めたのでした。それは、虐げられ、貧しい暮らしではあっても、彼らが寄留する国々とはおよそ相容れない、独特の精神的な価値観に支えられた生き方でした。イスラエルでシャピロはそのような人々を見出すことを一度はあきらめかけますが、やがて、信仰の中心地、エルサレムへ向かうことにします。そしてエルサレムで、ニューヨークのときと同じように、正統派のユダヤ教徒が暮らしている地区に入っていき、そして、ニューヨークのときと同じように、現代社会とはまったく異なる価値観で生きる、彼の祖父や曽祖父たちのようなユダヤ人を見出します。「学びの家」と呼ばれる、ユダヤ教の律法や聖典を学ぶための場所に入ったときのことです。

数人の男性と若者たちがテーブルに向かって座り、ゲマーラー〔口伝律法ミシュナーの注解で、ミシュナーとともにタルムードを構成している〕を学んでいました。黙って学ぶ者もいれば、声を出す者もいました。ある者は身をかがめるようにして座り、またある者は体を左右に揺らし、脇髪がいっしょに調子よく揺れていました。ほんの十二、三歳の子供たちがすでにゲマーラーを一人で学んでいる姿も見えました。不思議な種類の高貴さが彼らの顔からにじみ出ていました。彼らは何かの試験に受かる必要はないのです。出世のためにトーラーを必要としているわけではありません。彼らが学んでいるのは、このためにユダヤ人が創造されたからです。こうしたからといって何かの名誉を受けることは決してないでしょうし、おそらくは生涯貧しいままでしょう。

私たちは自分の子供たちに、勉強しなさい、と言います。それはなぜでしょうか。そもそも、私たち自身はなんのために勉強するのでしょうか。知識欲や知的好奇心からかもしれません。けれども、ほんとうに知識欲や知的好奇心にかられているだけか、と問いただされたなら、多くの場合、良い暮らし、すなわち豊かで安楽な暮らしを手に入れるため、自分の様々な願望をかなえられる金を手に入れるため、安定した将来のため、あるいは、人々の尊敬を集める地位や名誉を得るため、といった、別の目的が見え隠れするのではないでしょうか。シャピロが学びの家で見た人々はそれとはまったく異なっています。彼らは現世がもたらす何かを得るためにユダヤ教の教えを学んでいるわけではありません。教えを学ぶことがユダヤ人の義務とされているから学び、学ぶことそれ自体が喜びであるから学んでいるのだ、とシャピロは思います。私たちの現代社会は競争原理を基礎としているので常に他人に勝ろうとし、そのために、他人よりも試験で良い点を取ったり良い成績をあげたりして他人の上に立ち、人を上回る力や人に命令できる権力を持つ地位につこうとします。そしてそうすることで人生の問題を解決しようとしますが、シャピロが出会った人々は、自分が人より優位な立場に立つことを望みませんし、そもそも人と較べるという発想がないとシャピロは言います。

私がいっしょに暮らしているユダヤ人たちのあいだでは、偉い人もつまらぬ人もいません。ある人はトーラーにより多くの時間を割きます。また別の人は「詩篇」の朗唱に多くの時間を使います。学ぶ時間をより多く持っている人もいれば、生活の糧を得るために働かねばならない人もいます。だれもほかの人と自分を較べたりせず、ほかの人に照らして自分を評価したりもしません。

人と自分を較べて、優れているとか劣っていると評価しないのは、絶対者である神の存在を常に意識しているからだと思われます。神が存在すると信じていれば、他人と較べて自分がどうであるかとか、他人に自分がどう思われるかということではなく、人を超えた絶対者の目から見て自分がどのような存在か、ということがもっとも重要になってくるでしょう。逆に、神など存在せず、この世の生活がすべてであると考えれば、現世は人の世ですから、他の人間との関係が最優先の関心事となってくるわけです。しかしながら、神が存在するのか、しないのかは、だれもが納得するような形で証明することはできません。それはシンガーがよく使う表現で言えば、答えの存在しない「永遠の問い」です。シンガーの作品には神の実在を示す「しるし」を求める人物がたびたび登場しますが、はっきりした「しるし」が私たちに与えられることなど、まず期待することはできません。「しるし」が与えられない世界で、つまり、神が実在するのか、しないのかの証拠が与えられない中でどのような判断をし、どのような選択をするか、これもシンガーの作品の大きなテーマの一つです。

『悔悟者』のシャピロはもともとラビの家系の出なので、ロウアー・イーストサイドやエルサレムの学びの家で出会ったような人々は、まさに彼の「祖父たち、曽祖父たち」として彼の身近にいました。それにもかかわらず彼がそうした人々の道から離れていったのは、現世を超えた世界があると信じられなかったからであり、ホロコーストを起こすような世界に神がいるとは思えなかったからです。神が存在しないのであれば、私たちにとってはこの世がすべてです。現世がすべてであるならば、旧約聖書に記されている戒律を守って昔ながらのユダヤ人として暮らすことになんの意味があるでしょうか。ただ時代遅れで、無意味な伝統にしがみついているだけとなります。そのような生活は『荘園』のワレンベルクが言ったように「滑稽」であり、オルガのように死んでもごめんだということになるでしょう。逆に、この世にあっては、現代社会が提供してくれる便利さ、快適さ、豊かさ、快楽を、できるだけ多く自分のものにすることこそ幸福だと言えます。シャピロはこの、神の不在・実在の問題をどのように解決したのでしょうか。

物語の最後で、シャピロはプリシラという若い現代的なユダヤ女性と再会します。彼女はシャピロがイスラエルへ来るときに乗った飛行機で隣の席に乗り合わせ、婚約者がありながら彼に性的な誘いをかけてきた女性で、この作品の中では一貫して、シャピロを現代社会へ引き戻そうとする誘惑者の役割を果たしています。シャピロがすっかり正統派のユダヤ教徒の姿に変貌しているのを見て、プリシラは、神などいない、神が存在するとなぜ信じられるのか、とシャピロに迫ります。それに対してシャピロは、自分が仕えている神が実在する神ではなく、偶像であってもかまわない、と答えます。

たとえ神が存在しないと知っているとしても、あるいは神は存在するがヒトラーの味方であると知っているとしても、それでも私は殺人に同意する者たちとともに歩むことは拒否するし、嘘、偽り、盗みといったものに賛同する者たちとともに歩むことを拒否するだろう。もし神が存在しないとしたら、あるいはもし神に道徳意識がないとしたら、それなら私は、倫理的であるとされているあの偶像に仕えたい。真実を愛し、人と動物に憐れみを持つあの偶像にね。ちゃんとしたユダヤ人は四千年のあいだ、この偶像に仕えてきた。この偶像のために、彼らは火あぶりの薪の山へとおもむいた。

シャピロはここで、ユダヤの人々が信じてきた神が存在するか否かを論じようとはせず、存在する、しないにかかわらず、自分はユダヤの人々が信じてきた神を信じる、たとえその神が実在せず、偶像にすぎないものだとしても、それを信じる、と言い切っています。シャピロがこう断言するのは、かつてのユダヤ共同体の人々が信じてきた神はホロコーストなど決して起こさない神であり、その神が「要求するのはただ私たちが自分たちの幸せを他者の不幸の上に築かないということだけ」であると考えたからです。他国に寄留し、離散の状態にあったユダヤの人々が信じていた神は、戦争やホロコーストを決して起こすことのない神だというのがシャピロの主張です。

シンガーの回想録『愛と流浪』には、第一次世界大戦が起きたときの彼の父親の様子を描いた、大変興味深い一節があります。先にシャピロが、現代社会の忌まわしさを映し出すものとして新聞に対する嫌悪感を吐露している箇所を紹介しましたが、ラビであるシンガーの父親にとっても新聞はそのようなものでした。シンガーの父親は、新聞には冒瀆と異端が満ちており、新聞を読んで一日を始めるのは朝食に毒を飲むのと同じだと常々言っていました。それで父親はふだん新聞を読まなかったのですが、第一次世界大戦が勃発して、シンガー家と関係の深い町や村をロシア軍が占拠し、そこのユダヤ人に強制退去を命じ始めるに及んで、さすがに読み始めます。シンガーの父親も母語はもちろんイディッシュであり、イディッシュの新聞を読んだのですが、父親の知らない単語が並んでいた、という話です。

父がこれまで聞いたこともない新しい単語が登場していた。ユダヤ人は二千年のあいだ流浪の身にあって、非ユダヤ人たちの戦争に一度もかかわっておらず、武器や弾薬をあらわす名称をほとんど持っていなかったのだ。戦略や戦術に使う言葉もまた、持っていなかった。イディッシュのジャーナリストたちはこれらの言葉をみなドイツ語をもとに作らねばならなかったし、ときにはロシア語やポーランド語から作らねばならなかった。

流浪、離散の時代のユダヤ人には国がありませんでした。したがって、国土もなく、国境もなく、国土や国境を守るための軍隊もありませんでした。武力で攻めてくる他国に対して武力で応戦する自分たちの軍隊も、軍隊を動かす政府もありませんでした。そのためにイディッシュは、軍事作戦や武力行使、近代的な武器や弾薬をあらわす単語を持つ必要がなかったのです。このことを考え合わせると、『悔悟者』のシャピロが「祖父や曽祖父たちのユダヤ性」を求めてイスラエルへ渡ったものの、ユダヤ人の国であるイスラエルに「祖父や曽祖父たちのユダヤ性」を見出せなかったことも納得がいきます。イディッシュはどこの国の国語でもなく、国のない流浪のユダヤ人に国語はありませんでしたが、一方、イスラエルは現代ヘブライ語という国語を持っています。現代ヘブライ語というのは、世界中に離散したユダヤ人には共通言語が必要だと考えた著述家エリエゼル・ベン・イェフーダーが、話し言葉としては死語になっていたヘブライ語を、旧約聖書やタルムードなどをもとに、十九世紀末に日常語として復活させたヘブライ語のことです。イスラエルに到着した直後に、シャピロは次のように言っています。

イスラエルの空港には特にユダヤ的なものは何もありませんでした。なるほど、看板はヘブライ語で、案内放送もその言語でなされていましたが、現代ヘブライ語はユダヤ的な香りの多くを失っており、ユダヤ独特のもの、現世の幻想に対するユダヤ的な軽蔑心を欠いています。現代ヘブライ語は百パーセント現世のものです。ヘブライ語ではありますが、もはや〈聖なる言語〉ではありません。船や飛行機を造ったり、鉄砲や爆弾を製造するのに用いられる言語は〈聖なる言語〉ではありえません。現代ヘブライ語は昔の〈聖なる言語〉を飲み込んでしまいました。

一つの国家となったイスラエルは、世界にあるさまざまな国の一つとなり、その中で国家を存続させていかねばなりません。妥協も、策略も、さらには武力さえも必要となってきます。同じユダヤ人の言語という位置づけであっても、かつてのイディッシュと異なり、イスラエルの「国語」である現代ヘブライ語に、武器や弾薬、兵器や戦略をあらわす単語が不足しているはずがありません。シャピロは彼の祖父や曽祖父のような、現代社会の対極に位置する離散の時代のユダヤ人の生き方こそ人としてのあるべき姿であると考えて、その生き方へ戻りたいと願い、イスラエルへ来たのですが、一国家となったイスラエルは離散の時代のユダヤ共同体とは様子がまったく異なっていました。諸外国、すなわち非ユダヤ人の国々と同じく一つの国となって国境を持ったイスラエルは、自国を守るための軍隊を持ち、周囲の敵対する国々に対しては力、つまり武力をもって自国を防衛せねばなりません。実際にイスラエル側から攻撃をしかけることすらあるのは、私たちもよく承知しているとおりです。また、国際社会に遅れを取らず、他国より一歩でも二歩でも先んじるためには、現代化を推し進め、経済力と軍事力の充実を図り、国際競争に勝ち抜いていかねばなりません。これはまさに現代国家のあり方であり、離散の時代のユダヤ人の生き方とは相反するものです。

シャピロが求めたものは、「国」としては存在したことのないユダヤ共同体でした。その共同体の人々は、ほぼ二千年のあいだ「国」がなかったにもかかわらず一民族としての独自性を失わず、親から子へ連綿とその伝統を受け継ぎました。流浪の身にあり、他国に寄留する中で培われた価値観に支えられたこの共同体は、第二次世界大戦以前には、東ヨーロッパの各地に数多くありましたが、ホロコーストによってそのほとんどが壊滅しました。シンガーの兄イスラエル・ジョシュアは、ユダヤ人村で過ごした幼年期、少年期の様子を回想録にまとめ、その題名を『今はなき世界のこと』としました。この、「今はなき世界」、すなわち、昔ながらのユダヤ共同体こそシンガーにとって祖国に代わるものであり、シンガーが多くの作品に描き出した世界です。

この共同体での生活の大前提となっているのはユダヤの神です。そしてそのユダヤの神は共同体の人々にとって観念的な、遠く離れた存在ではありませんでした。ユダヤの神は、日常生活を規定するさまざまな戒律によって人々とつながり、人々にとっては直接呼びかけて祈りを捧げることのできる存在でした。もちろん、共同体の人々がみな、神を信じて敬虔な生活を送っていたわけではありません。来世よりもまず日々の暮らしを優先し、戒律をないがしろにする者もいれば、ユダヤの神などという観念そのものが時代遅れだと主張する者もいて、そうした人々の話もシンガーは書いています。けれども、各人がどのような態度をとるにせよ、この共同体はユダヤ教の上に成立しており、多くの人にとって神はきわめて現実的な存在でした。

次章では、神によって新たな力を得る人々の物語を見てゆきます。

第三章　現世を超える視点

短編小説「私は人をたのみとしない」は、ウクライナのヤムポルという町のラビ・ヨナタンの物語です。ラビ・ヨナタンはきわめて良心的な人物なのですが、ヤムポルの町の人々にはさまざまな思惑があって、ラビにつらく当たります。ある人は、ラビがタルムードの解釈を間違えていると非難し、別の者はラビの誤りは書物に時間を割きすぎて一般民衆のことをかまいつけない点だと言います。啓蒙主義者たちはラビがヘブライ語の文法を間違えたと揚げ足を取り、またある人は、ラビの地位につきたがっている娘婿がいるためにこのラビを邪魔に思っています。ユダヤ教では食物に関するきわめて厳格な戒律があり、戒律に適っていないとラビが判断を下せば、人々はそれを食べることができません。そこで肉屋や屠畜人はラビ・ヨナタンの基準が厳しすぎて商売に障ると文句をつけます。ところが一方、町の子供たちに病気がはやると、母親たちは、ラビがもっと厳格に町の罪を清めなかったから、神の罰が子供たちに下ったのだ、と声を張り上げます。ラビ・ヨナタンは、ヤムポルよりも大きなヤヴロフという町のラビになることが決まっていて、そのため、まもなくヤムポルを出てゆくことになっているのですが、ヤムポルの人々は、ラビが早く出てゆくことを望みながらも、もっと大きな町のラビになるという出世が気に入りません。おまけにラビだけでなく、ラビの妻にも、未亡人となったラビの娘にも、町の人々は批判的な目を向けます。このような状況でありながら、ラビの得ている報酬はごくわずかで、生活は常に困窮していました。それに追い討ちをかけるように、ラビがこれから行こうとしているヤヴロフでも、状況は似たようなものであることがわかってきます。あまりに毎日がつらく、さらには、新しい町へ行っても事情が好転する兆しはないので、ラビの頭にはふと、神の慈悲への疑念や、神などいないのではないか、といった疑いさえ浮かぶことがあり、それがますますラビを苦しめます。断食をし、自分はもう破滅だ、とまでラビは思いつめています。

ユダヤ教では一日の中で、夜明けの祈り、午後の祈り、夕べの祈りを捧げます。ある日ラビは、いつものとおり、夜明けに最初に集まった定足数の人たちと礼拝を始めます。定足数を最初に満たす人々は、まだ暗いうちから起きて、ひたいに汗して働く、貧しく、勤勉な人々であることに、ラビは改めて気づきます。町にいる自分の敵たちは、金と時間のある怠け者たちだ、と思いいたるのです。さらにラビは、この人々と祈りを朗唱している最中に、悩みも苦しみも一瞬にして氷解する体験をします。

ラビは「私は人をたのみとしない」という言葉までできたときに、言いやめた。それらの言葉が彼ののどにつかえた。

初めて彼は自分が嘘をついていることを悟った。自分以上に人をあてにしている人間はいない。町中が彼に命令をくだし、彼はあらゆる人にたよっている。だれもが彼に害をなすことができる。今日こうしたことはヤムポルで起きているが、明日になればヤヴロフで起こるだろう。彼、ラビは共同体のあらゆる有力者の奴隷だ。贈り物を期待し、好意を得ようと望み、常に支持者を捜し求めねばならない。ラビはほかの礼拝者たちを吟味し始めた。彼らのうちだれ一人として同盟者を必要としている者はいなかった。彼を除けばだれも、だれが自分の味方で、だれが敵になるかなどと思い悩んでいる者はいなかった。うわさをふれ歩く者の話など、だれも少しも気にしていなかった。「それなら嘘をついてなんになるのだろう?」とラビは考えた。「私はだれをだましているのだろう? 全能者をか?」ラビは身震いし、恥ずかしさのあまり顔をおおった。膝から力が抜けた。人々はすでに巻物〔旧約聖書の最初の五書の巻物〕を朗読台に置いていたが、ラビはそれに気づかなかった。いきなりラビの心の中で何かが笑った。彼はまるで誓いを立てるかのように片手を上げた。長いあいだ忘れていた喜びが彼を襲い、彼は不意にある決意を感じた。一瞬にしてすべてが彼に明らかとなった…。

ラビは日々の祈りの中で、自分がたのみとしているのは人ではなく、全能者である神のみである、と唱えていながら、実際に自分の心をもっとも大きく占めていたのは神ではなく、人であったことに気づきます。人にどう思われるか、人になんと言われるか、どうすれば好意を持ってもらえるのか、どうすれば助けてもらえるのか、そう思うから人が気になり、人を恐れ、そのためにあらゆる悩みが生じていたと悟ったのです。もしも私たちに現世しかないというのであれば、この世の富をつかみ、快楽を味わい、安楽に、心の赴くままに暮らすことが最優先のことがらになるでしょう。そして、この世でそうした生活を手に入れるためには、この世の論理に従い、この世に応じたやり方をし、人とうまくつき合い、人に好かれ、人の力を当てにしたり、利用したりせざるをえません。けれども、この世はむしろ仮の世であり、まぼろしのようなものであって、この世以外の世界が存在する、その世界こそ真実の世界、絶対の世界、永遠の世界である、とするならば、この世の人の力は恐れるに値しないことになります。ラビは日々の生活があまりにつらかったために、彼が本来信じていた真実の世界があること、現世がすべてではないということを見失っていました。好意がほしいあまりに人を恐れ、思いわずらっていたけれども、人がほんとうに頼ることができるのは人ではなく神である、人が真に恐れるべきなのは人の顔ではなく神である、そのことに改めて思いいたったときに、ラビには一切が明らかとなったのです。

ユダヤ教の会堂をシナゴーグと言いますが、シナゴーグにはモーセの十戒を記した板が掲げられています。ラビ・ヨナタンのシナゴーグではその板を二頭の金色の獅子が支えています。

ラビにはこれらの聖なるけものたちが問いかけているように思われた。なぜこんなに長いあいだ待ったのか？　神と人に同時に仕えることはできないと、そもそもの最初からわからなかったのか？

ラビ・ヨナタンはその朝、礼拝に来ていた果樹園の持ち主に果物の摘み手として雇ってくれるようにたのみ、ラビを辞めて妻や娘とともにその日のうちにヤムポルを出てゆきます。自分の苦しみは神と人に同時に仕えようとしたために生じたのだと悟ったとき、ラビ・ヨナタンは、人の世でラビであり続けようとしたからこそ神の国を見失ったのであり、神に仕えるためには必ずしもラビである必要はない、と見定めたのです。

ラビ・ヨナタンのように信仰に関わる問題でなくとも、私たちも同じような状況に陥ることがあります。私たちの悩みや不安、不満の多くは人と人との関係から生じるのではないでしょうか。水平方向にだけ目をやって、自分が立っている今のこの地平にしか関心を注がないならば、人間社会の苦境から逃れるのは容易ではありません。けれども、たとえば高い山に登って下の世界を眺めるとだれもが感じるように、少し離れた高いところから見おろしてみれば、自分の抱えている問題が実はさほど大きなものではなかったと気づくことがあります。ラビ・ヨナタンは信仰の人でしたから、神の世界に思いをはせることで、人の世を超えた高みから町を眺めることができました。シンガーの作品はこのように、私たちの視野を思ってもみなかった方向に広げてくれることがよくあります。これもシンガーの大きな魅力の一つです。

ラビ・ヨナタンは毎日の生活があまりにつらいためにこの世に翻弄されて、存在するのは現世だけであるかのような迷いにとらわれたわけですが、大きな罪につまずいて絶望に陥った人物の物語もシンガーは書いています。やはり短編小説ですが、「天国への蓄え」のメンデルがそうです。

イディッシュには、英語のミスターに類似した敬称として、レブという言葉があります。レブ・メンデルと呼ばれるこの主人公は、ポーランド東部の町ルブリンで弟と共に布地の店を経営する豊かな商人でした。陽気で遊び好きな弟と異なり、レブ・メンデルは信仰心が篤く、ユダヤ教についての学識もあり、子供たちをみな結婚させた今は、商売は弟にまかせて、宗教書を読みふける日々を過ごしています。レブ・メンデルの妻は浮ついたところのない敬虔な女性ですが、レブ・メンデルにとって義理の妹となる弟の妻は派手好きで、贅沢な暮らしを好むので、メンデルはできるだけ彼女を避けるようにしています。ところがある日、その義理の妹から、彼女の夫すなわちメンデルの弟にはキリスト教徒の愛人がいると打ち明けられ、あまりに驚いたメンデルは、気を取り直す間もなく義理の妹に誘惑されて彼女と罪を犯してしまいます。

思いもよらぬ罪を犯したレブ・メンデルの苦悩は深く、毎日あれほど喜びを持って唱えていた祈りの言葉も口にすることができなくなります。罪にけがれた自分の唇で神聖な祈りを唱えれば、祈りの言葉をけがすことになるだろうと思ったのです。自分が犯したような大罪を償える贖罪の行為も思いつきません。ユダヤ教徒にとって、来世で義人たちとともに主の輝きに包まれることは大きな望みなのですが、レブ・メンデルは、大罪を犯した時点で自分はすでに来世の望みを失ったと悲嘆にくれます。いずれにせよ来世を失ったのなら、さらに自殺という罪を重ねてこの苦しみから逃れてもよいではないか、とさえ思います。こうして、ろくに眠ることも食べることもできず、自殺の方法さえ思いつかぬまま、レブ・メンデルは憔悴しきって、彼が指導者と仰ぐレッベのもとを訪れます。レッベというのは、ハシディズムと呼ばれるユダヤ教敬虔主義のカリスマ的な指導者のことです。ユダヤ教にもいろいろな派がありますが、シンガーの父親もこのハシディズムに属するラビでした。レブ・メンデルが師事していたとされているレッベはシムハ・ブネムという実在の人物です。ハシディズムの有力な指導者の一人で、一八二七年に亡くなりました。このレブ・ブネムをメンデルは予告もなしに訪ねます。

レッベが片手を差し伸べ、メンデルはかろうじてその指先に触れて、聖者の手が彼の指でけがれることのないようにした。レブ・ブネムは彼をちらりと見やって、眉をひそめた。レブ・メンデルの方へスツールを動かして、彼はベンチの端に腰掛けた。「レブ・メンデル、何を悩んでいるのかね？　率直に話していいんだよ」

「レッベ、私は来世で私がいただくはずだったものを失いました」とレブ・メンデルはいきなり言った。

レッベの目が笑いに満ちた。「失った、へえ？　おめでとう！」

「レッベは何をおっしゃっておられるのです？」とレブ・メンデルはびっくりしてたずねた。

「来世を追い求める者たちは全能者と取引をしているのだよ。『私はあなたのトーラーと戒めに従います、だからわたしにはレビアタン〔聖書に出てくる海の怪物。救い主が催す義人のための宴会でその肉が供されるという言い伝えがある」の取り分を大きくしてください』とね。ユダヤ人が来世でのその取り分を失うとき、その者は見返りを何も期待せず、全能者ご自身のために全能者に仕えることができるのだ」

「私は全能者に仕える値打ちがありません」とレブ・メンデルが言った。

「そして、それでは、だれにその値打ちがあるのかね？」

レブ・メンデルがどのような罪を犯したのかを尋ねもせずに、レッベはさらに言葉を続けます。

「レブ・メンデル、体をよくよく大事にしなさい。〈世界の主〉は有給のしもべはたくさん持っておられるが、ただで主に仕えようという者に関しては、ほとんどお持ちではないのだよ」

「レッベ、贖罪をしたいのです」

「その望みそのものが贖罪だ」

どのような罪を犯したか、レッベに洗いざらい告白しようと覚悟を決めていたレブ・メンデルは、レッベが罪については尋ねもしないことにしばし呆然としていましたが、やがて喜びに圧倒されます。「そうだ、私に楽園はいらない。私に報酬など必要ない。」こうして彼は再びかつてのような熱意をこめて祈ることができるようになります。彼個人のためや彼自身の堕落した魂のために祈ることなどできないと苦悩していたメンデルですが、あらゆるユダヤ人のために祈ることは堕落した邪悪な人間にもできる、と思えたのです。

「私は人をたのみとしない」のラビ・ヨナタンと「天国への蓄え」のレブ・メンデルは、どちらも、言わば、自分自身の幸福や身の安泰を願う気持ちを乗り越えたときに救われています。ラビ・ヨナタンはこの世での自分の利益を図ることを放棄しました。レブ・メンデルはさらに進んで、自らの来世の望みが消えたことさえ受け入れました。自らの幸せを放棄しながら、二人とも、私たちの多くの者より、はるかに大きな安らぎと喜びと満足感を手に入れています。少なくともシンガーはそのように描いています。

第一章でも紹介した長編小説『荘園』は、いったんはユダヤ共同体を出た主人公エズリエルが、最後に再びユダヤ人であることを選択する物語です。エズリエルは、彼の苦悩がもっとも深まったときに、姻戚関係にあるラビ・ヨハナンのもとを訪れます。ラビ・ヨハナンは人々から聖者とあがめられている、非常に敬虔で立派な人物ですが、小説の最後では、病気のため死の床にあります。死の直前、ラビ・ヨハナンは、最後の最後まで悪魔が自分につきまとい、堕落させようとしていること、そして、過去の聖者たちと異なり、自分は生きているうちに天上の光景をかいま見ることがついにできなかったことを悲しみます。ラビ・ヨハナンは、自分にはそれだけの値打ちがなかったのだ、自分の罪がそうした恩寵の道をふさいだのだ、と感じ、自分は来世に迎えられることはないかもしれない、と考え始めます。ラビ・ヨハナンの苦悩はさらに深まり、ひょっとして自分が生涯信じてきた全能者すなわち神による裁きも、また、裁く者である全能者も、何も存在しないのかもしれない、という思いさえ湧いてきて、異端者と見なしてきた人々や無神論者の言うことが結局は正しいのではないだろうか、とまで考えます。非の打ち所のない聖者と思われてきたラビ・ヨハナンが、「私は私の魂を失いつつある…無神論者として死につつある」と、臨終の床でただ一人苦しむのです。ところが、この奈落の底にあって、彼は不意にほほえみます。

それで、私がほんとうに深みに沈み込むとして、それがどうだというのか？　そうなったからといって、全能者の栄光がいささかでも減じようか？

ラビ・ヨハナンも、ラビ・ヨナタンやレブ・メンデルと同様に、自己を棄て、自分をはるかに超える神に思いをはせたときに絶望の淵から抜け出します。裁きも裁く者もおらず、来世もないと考えること、無神論者になることは、彼のような敬虔な人間には非常に恐ろしいことなのですが、それは彼一人の問題にすぎず、全能者の真実と善を損なうことはまったくないと気づいて、ラビ・ヨハナンは満足し、迷いも、恐れも、疑惑も、不安も、一瞬にしてすべて彼の心から消え去ります。彼は自分が救われることではなく、全能者の栄光それ自体を喜びとしているのです。

これが、シンガーの描く信仰を持つ人々の強さです。この現世が存在するすべてではないという信念、現世のありようがいかなるものであれ、絶対的な正義と善に満ちた神の世界が存在するという確信、そしてそうした輝きに満ちた神の世界は永遠であり、それを思って得られる喜びに較べれば、この世の利益、快楽、あるいは自分という存在さえ取るに足りないものであり、自らの来世の幸福を投げ打っても余りあると思えてくる、そうした思いがもたらす精神の強さであり、美しさです。

『ショーシャ』には、次のような印象的な場面があります。主人公のアーロンがショーシャと結婚するというので、結婚式に出席するために、アーロンの母親と、ラビになった弟モイシェが田舎からワルシャワへ出てきます。やはりラビであったアーロンの父親はすでに亡くなっていますが、生前はワルシャワのユダヤ人街でラビをしていました。今もそこに暮らすショーシャの母が、アーロンの母とモイシェとアーロンの三人を家に招待したので、三人はショーシャの家を訪ねます。するとその家は、亡きラビの妻と息子たちがやってくるというので、人でいっぱいになっています。老人たち、若者たち、娘たちが来ていて、部屋のあちこちにグループができます。若い女の子たちはショーシャを囲んで、結婚に関することを話題にし、すでに作家となっているアーロンを取り巻いた若い男女は文学やイディッシュ演劇の話をします。また、老人たちはモイシェを中心に、あれやこれやのラビの話などを始めます。『ショーシャ』は第二次世界大戦直前の時代を扱っており、ユダヤの人々は、またもや自分たちが大国同士の戦争の犠牲になろうとしていることをひしひしと感じている時代です。モイシェを囲んだ老人たちの話題も、自分たちを今にも飲み込もうとしているこの世の暴虐な力の台頭に及びます。それに答えてモイシェが、どの町にも、どの時代にも、ヒトラーはいた、そんな中でも主を忘れてはならない、と語ります。そして次のようなやり取りが続きます。

「ああ、困難なことだ、実に困難なことだ」ともう一人の老人が言って、うめいた。

「物事が楽に進むはずだとどこに書いてあるでしょう?・」とモイシェがたずねた。

「我々の力は衰えつつある」と、三人目の老人がうなるように言った。

『『主に仕える者たちは力を新たにするであろう』〔「イザヤ書」第四十二章〕」とモイシェが答えた。

老女たちは黙っていて、もっとよく聞こえるようにと耳に手を当てた。若い男女は文化、文学、イディッシュ主義や進歩を私と論じに来たのだが、彼らすら黙り込んだ。

モイシェはここに説教に来たわけではありません。問われたから答えて話しているだけです。思い思いにおしゃべりをしている人たちを説得しようと声を張り上げたわけでもなんでもないのですが、この家につどった、それぞれ立場も違えば考え方も異なる人々がみな、田舎から出てきた若いラビのモイシェが聖書を引用して、どのような困難が臨もうとも主を忘れてはならない、と静かに説く言葉に聞き入ります。先ほども述べましたが、ユダヤの人々がみな、ヒトラーの脅威が日ごとに自分たちに迫ってきているのを感じている時代ですから、恐怖や苦難や悪の力といった言葉が、この人たちにとって単に観念上の問題ではなく、具体性をもった切実な問題となっています。そういう中にあって、まだ年若い田舎のラビにすぎないモイシェが、悪と恐怖に満ちたこの世界でいかに悪の力が強くとも、人は悪に屈してはならない、いかに困難な状況であっても、人に求められているのは、悪と恐怖に囲まれながらも耐え抜くことだ、と語ります。そしてこのワルシャワのユダヤ人街の人々は、戦争という迫り来る苦難を予期しながらも、人間が本来どうあるべきかを語るモイシェの言葉に聞き入るのです。ここにつどったユダヤの人々は必ずしも全員が神を信じているわけではありません。けれどもこの人々は、この世の論理を超えて、人間が本来あるべき姿を語るラビの話に耳を傾けることのできる人たちであり、シンガーは、そういう姿勢こそユダヤ共同体の精神的な風土だと伝えようとしています。隣国ドイツの脅威が迫ってくる中で、悪に負けてはならないと語るモイシェはもちろんラビとして立派ですが、そのモイシェの言葉をもっとよく聞こうとして静まり返る人々の姿にも、つかのまのこととは言え、精神的な気高さ、美しさを感じることができます。

シンガーの描くユダヤ共同体の人々には、神の存在を信じている人もいれば、疑いをもっている人もいます。けれども共同体の人々はだれもが、自分たちの共同体には少なくとも、現世がすべてではなく、善と正義に満ちた、この世を超えた世界があると確信している人々がいること、そしてその人々の言葉は傾聴に値する、ということを知っています。私たちがもし、日常の暮らしに追われ、いかにしてこの世で自分の望むものを手に入れるかということばかりに汲々としているならば、シンガーは私たちの日常とは異なる世界がありうることを見せてくれます。現実世界の論理は圧倒的な力を持って私たちに迫ってきますが、そのような状況の中でも決して忘れてはならないものがある、と思い出させてくれます。

第四章　天の記録保管所

シンガーが描く過去のユダヤ共同体の人々の生活は非常に厳しいものでした。この世の富や権力とは縁遠い暮らしをしていましたし、寄留している国の人々からはさげすまれ、国の内外を問わず何か争いが起きれば真っ先にその犠牲になるだろうという不安を片ときも忘れることのできない生活でした。けれども、そのような境遇におかれた人々を描きながら、シンガーの作品には、人間という存在を包み込むある種の温かみがあります。物悲しさの中に、何か大きなものの腕に抱きとめられているかのような慰めが感じられます。それはシンガーの作品を支えている世界観によるのですが、世界観と呼ぶよりは、かくあるべきだという、シンガーの信念と呼んだほうがより正確だと思われます。この章では、それがどのようなものなのかを見てゆくことにします。

短編小説「タイベレと彼女の悪魔」は、十七、八世紀と思われるポーランドのユダヤ人村での話です。主人公のタイベレは、生まれてきた子供を次々と失ったばかりでなく、夫までもが失踪してしまいます。ユダヤ教では離婚か死別以外は再婚が認められないので、タイベレは三十三歳にして以後の生涯をたった一人で生きていかざるをえなくなりました。その不幸と孤独に加えて、ユダヤ共同体では、家庭を持ち、子供を産み育てることが女性のもっとも重要なつとめとされていましたから、タイベレは共同体の一員としても中心から脇へ追いやられた形となります。ある晩、村のおどけ者アルホノンが、悪魔フーミザーだと名乗ってタイベレの家に忍びこみ、彼女を脅して意のままにします。もちろんタイベレは最初は怯えますが、そのうち、週に二晩訪れては彼女をやさしく扱い、おもしろおかしい話をして楽しませてくれるフーミザーを愛するようになります。一方、アルホノンにとってもタイベレとの逢瀬が生活のすべてとなっていきます。というのも、アルホノン自身も五年前に妻を亡くし、子供もなく、村人たちからは役立たずのろくでなしと見なされて、まともに相手にされずに過ごしていたからです。こうして、いわば社会の底辺に位置する二人が身を寄せ合うように愛情を育ててゆくのですが、互いにかけがえのない存在となってからも、アルホノンはタイベレに自分の正体を明かしません。タイベレをだましていたことを告白すれば彼女を失うかもしれないという不安があったでしょうし、もう一つにはタイベレへの配慮があったと考えられます。ユダヤの戒律では、行方不明であるとはいえタイベレには夫がいると判断され、そのタイベレが悪魔に無理強いされたのではなく、人間であるアルホノンと関係を持ったとすれば、彼女は姦通という大罪を犯したことになってしまいます。タイベレを罪人にしないためには、アルホノンは悪魔のふりを続けざるをえなかったのです。

夏が過ぎて厳しい冬となり、アルホノンはやはり病にかかって、タイベレを訪ねることができなくなります。タイベレは最後に会ったときにひどく具合の悪そうだったフーミザーすなわちアルホノンを心配しながら待ち続けますが、まるまる一週間が過ぎても彼は姿を現わさず、タイベレはもう彼は決して来ないだろうとあきらめるほかありませんでした。夜が明けて、うつろな心で外へ出た彼女は、墓地へ運ばれるアルホノンの亡骸《なきがら》を目にします。アルホノンが彼女のフーミザーだと知らないまま、タイベレは、「このアルホノンは、ちょうど私のように孤独な人生を送った。私と同じく、あとに子供も残さなかった」と涙を流し、アルホノンの埋葬に立ち会います。シンガーはこの話の結末に、次のような一節を添えています。

過去のことで彼女に残されたものは何一つなく、あるのはただ、決して語ってはならないし、だれにも信じてもらえそうにない秘密だけだった。心が唇に明かすことのできない秘密がある。それらは墓に持っていかれる。柳はそれらの秘密をつぶやき、ミヤマガラスはそれらのことをカアカア鳴き、墓石はそれらについて無言で、石の言葉で語り合う。死者たちはいつの日か目覚めるが、彼らの秘密はすべての世代が果てるまで、全能者とその裁きのもとにとどまるだろう。

タイベレは彼女の悪魔が実はアルホノンだったと知ることなく、夫ばかりか悪魔にも置き去りにされたつらさをだれにも理解してもらえぬまま、身を切るような孤独の中に取り残されます。そしてアルホノンはタイベレをだましていただけに一層重い秘密を抱えて、彼女の行く末を案じながら亡くなり、彼女が自分の埋葬に立ち会ってくれたなどと知るよしもありません。二人の愛と苦悩と孤独は、彼らの生きた証である秘密とともに、人に知られることも、理解されることも、記憶されることもなく、彼らとともに消えてゆきます。あとに子供も残さなかった彼らは、だれの記憶にもとどめられず、この二人がかつてこの世に生きていたという事実そのものさえ跡形もなく消し去られてしまうことでしょう。けれどもシンガーは、物語の最後で、彼らの秘密は消え去るのではなく、神が自らのもとにとどめおくと言っています。つまり、神が彼らの愛、苦悩、孤独のすべてを知り、それを記憶し、守るということです。そうであるならば、彼ら二人はともに時を超えた存在者の胸に抱かれることになります。タイベレとアルホノンは互いの身の上を案じながらも、引き裂かれたままこの世を去りました。彼らが味わった苦しみや悲しみを癒すすべはないかもしれませんが、たとえそうであってもシンガーの描く世界では、彼ら二人は、だれにも顧みられない見捨てられた孤児として虚空に消えてゆくことにはなりません。

すべてを包み込み、すべてに意味を与える絶対者の存在を、自分の全存在をかけて確かめようとしたのが、短編小説「教皇ザイドルス」の主人公ザイデルです。ザイデルはユダヤの天才学者ですが、悪魔に誘惑されます。悪魔は、偉大な人間を正しく評価しないユダヤ教ではなく、偉大な人間に大きな名声を与えるキリスト教こそザイデルにふさわしいとささやき、世界の真実を知りたければ自尊心を決して手放してはならないと巧みに彼を誘導します。ザイデルは悪魔の罠にはまり、キリスト教に改宗しますが、キリスト教徒の学者たちは彼のあまりの学識に恐れをなし、彼は次第に孤立していきます。図書館と自宅を往復するだけの毎日となり、やがて目が見えなくなるに及んで彼は乞食になりますが、そうなってからも彼の最大の願いは、真実を知ることでした。

創造主はいるのか、それとも世界はただ原子とそれらの組み合わせにほかならないのか？　魂は存在するのか、それとも思考はすべて単なる脳の反響にすぎないのか？　報いと罰による最後の清算はあるのだろうか？　実体は存在するのだろうか、それとも全存在は想像力の作用にほかならないのだろうか？

目も見えず、孤独なまま最後のときを迎えたザイデルの前に、この作品の語り手であり「私」として登場する悪魔が初めて姿を現します。


「ザイデル」と私は言った。「覚悟しろ。最後のときが来た」

「おまえか、悪魔、死の天使か？」とザイデルはうれしそうに叫んだ。

「そうだ、ザイデル」と私は答えた。「私はおまえのためにやって来たのだ。それに悔い改めたり、告白をしたりしてもなんの助けにもならないから、そんなことはするな」

「どこへ私を連れてゆくのか？」と彼は尋ねた。

「ゲヘナ〔地獄〕へ直行だ」

「もしゲヘナというものがあるのなら、神と呼ばれるかたもまた、いらっしゃるわけだ」とザイデルは唇をわなわなと震わせながら言った。

「だからといって何の証明にもならんぞ」と私は言い返した。

「そんなことはない」と彼は言った。「もし地獄が存在するのなら、すべては存在する。もしおまえが現実のものなら、神もまた現実だ。さあ私の行くべきところへ連れてゆけ。支度はできている」


悪魔の登場はザイデルにとって喜ばしいことでした。もし世界が「ただ原子とそれらの組み合わせにほかならない」のであれば、悪魔のいようはずがありません。悪魔というのは、自然の秩序を超越した超自然的な存在です。悪魔が存在し、地獄があるのならば、やはり超自然的な存在である神もまた実在するとザイデルは考えたのです。まさに命を終えようとするときザイデルは、自分の命と引き換えに、神は実在するという確信を得て、生涯抱えていた疑問の答えを見出します。ザイデルはこうして地獄へ落ちることになりますが、「さあ私の行くべきところへ連れてゆけ。支度はできている」というザイデルの言葉に、いささかの迷いも後悔も感じられません。神の実在を最後の最後に確信した彼は、自分がもはや実体のない想像力の産物でも原子の組み合わせにすぎないものでもなく、神によって創造された秩序ある宇宙の一部であると知ったからです。第三章で紹介した「天国への蓄え」で、レブ・メンデルは、彼の犯した罪を尋ねもせずにレッべが慰めの言葉をかけてくれたとき、「彼〔メンデル〕は一人ではなかった。全能者がご存知だった。そしてレッベも知っておられた」と思い、彼を押しつぶそうとしていた罪のもたらす孤独感から一挙に解放されます。神がメンデルのすべてを知り、この世の生を終えたときに裁いてくれるのであるならば、たとえ罪の償いのために地獄へ送られるとしても、それは神が作った世界、神の定めた秩序の中に含まれていることを意味します。地獄といえどもそれは神が罪人のために定めたものであり、メンデルがレッベの言葉を思い返して言うように、「地獄は人のためにあるのであって、犬のためにあるのではない」のです。メンデルにもザイデルにも、宇宙の孤児といった絶望感や寄る辺なさはいささかも感じられません。

何一つ失われることなく、すべてがおぼえられているという考えを、シンガーはまた別の形で私たちに示します。第二次世界大戦前のワルシャワを舞台にした「なぜヘイシェリクは生まれたか」という短編小説の最後に、シンガーは非常に印象深い一節を書き記しています。語り手はシンガー自身と思われる若い作家で、「私」として登場します。この「私」のところに、みすぼらしい身なりのヘイシェリクという男が訪ねてきて、原稿の編集を依頼します。ヘイシェリクの原稿というのは、一九一九年から二〇年にかけてポーランドがボルシェビキと戦ったときのことを書いたものです。ヘイシェリクは徴兵されてポーランド軍に入隊し、戦闘のただなかで大変な苦労を重ねながらユダヤ教徒としての宗教上・生活上の戒律を守ったのでした。そうやって兵役についているあいだに、彼には次々と奇跡が起こり、生き延びることができたので、どうしてもその話を出版したいというのです。「ユダヤ人がこれを読み、天に神がおられることを知ってもらいたい」と彼は言い張ります。

語り手の「私」は原稿を一目見て、編集どころか、これは全部、自分が書きなおさねばならないとわかります。ヘイシェリクは無学で、綴りを知らないばかりでなく、文も体裁をなしておらず、三語書くごとにピリオドとか、感嘆符とか、ダッシュなどをつけ、理由もなくやたらに引用符で単語を囲っています。話の中身には緊張感も、気の利いた記述もありません。しかもヘイシェリクがよきユダヤ教徒であろうとして払った努力は、彼が無知なため、ほとんどが見当違いのものでした。こんなものに関わっていては自分の小説を書くための時間がなくなると思い、「私」は即刻突き返そうとしますが、ヘイシェリクが自らのユダヤ性を守るために耐え忍んだ苦難を思うと気の毒になって、引き受けてしまいます。その後ヘイシェリクは、徒歩で聖地エルサレムに巡礼の旅に出かけ、さらに原稿を書き足します。

やがて第二次世界大戦になります。大戦中には、「聖なる配達人」と呼ばれた隠れた郵便配達人がいて、ナチ占領下とソビエト領とに分断されたユダヤ人家族の手紙を預かって、ひそかに安否の連絡をつけていました。この「聖なる配達人」は、もっぱら、引き裂かれた家族の心をなんとか結びつけてやりたいという気持ちから、この危険極まりない仕事を引き受けたのですが、当然のことながらほとんどの者が命を落としました。語り手は大戦後、ヘイシェリクがこの「聖なる配達人」の一人となって、大変によく働き、捕らえられて拷問されたあげくに殺された、と聞き及びます。

語り手は、この短編の終わりに、無知で無学なせいで、ボルシェビキとの戦いでも聖地への巡礼でも見当違いの苦労を重ねていたヘイシェリクについて、次のように述べて物語を締めくくります。

ヘイシェリクが一九二〇年の戦争についての彼の悲惨な物語で私を悩ませていたとき、また、のちに、彼の放浪の旅の話で私を悩ませていたときに、私はよく不思議に思ったものだ。なぜヘイシェリクは生まれたのか？と。だがどうやら、殉教者というのは、兵士のように訓練されて、運命が彼らに準備した使命に備えなければならないものらしい。彼があの哀れを誘う本の中に書き、あんなに長々と私に語って聞かせたあらゆる試練を経ることなしには、彼は聖なる配達人には絶対になれなかっただろう。私は信じているのだが、宇宙のどこかに、人間のあらゆる苦しみや自己犠牲の行為が保存されている記録保管所があるにちがいない。もしヘイシェリクの物語が神の無限の図書館を永遠にわたって飾ることがないとすれば、神の正義などありえない。

この、「神の無限の図書館」、宇宙の「記録保管所」という考えは、『ショーシャ』の中にも「世界の本」として出てきます。亡くなった妹がいなくて寂しいとショーシャが訴えるので、アーロンは彼女を慰めるために「世界の本」というものがある、と話します。世界の歴史は、先だけを読むことができる本であり、ページを後戻りしてめくることはできない。けれども、かつてあったものは今でもまだ、すでに閉じられたページの中にあり、そこで生きているのだ、とアーロンはショーシャに語って聞かせます。アーロンの友人のハイムルがホロコーストを生き延びて、戦後、アーロンと再会したときにも、アーロンの語ったこの「世界の本」の話を持ち出します。ハイムルは、大戦中に命を落とした彼の愛する人々が、そのまま消滅してしまったとはどうしても信じられないのです。

だがぼくの中のどこかに、シーリアがここにいるという感じがあるんだよ。モリスがここにいる、ぼくの父が——安らかでありますように——ここにいるという気がするんだよ。きみのショーシャもここにいる。だって結局、どうやってありうるんだい、だれかがただ単に消滅してしまうなんて？　生き、愛し、希望をもち、神や自分自身と言い争っていただれかが、どうやって、ただ消えてしまえるんだい？　いかにして、また、どのような意味においてかわからないけれど、彼らはここにいる。時とは幻想なのだから、すべてがとどまっていて、なぜいけない？　一度きみがこう言うのを聞いたことがあるよ——あるいはだれかを引用していたのかな。つまり時というのは一冊の本であって、そのページを先の方にめくることはできるが、後ろへはめくれないって。もしかするとこのぼくら自身にはできなくとも、なんらかの力にはできるのかもしれないよ。

ホロコーストで愛する人々を失い、彼自身も「半分叩き潰されたハエ」となったハイムルは、神の存在を素直に認めることができないので「なんらかの力」と言っています。ホロコーストを経た今、神が存在するのか否か、また、存在するとするならば、ホロコーストを容認した神とはいったいいかなる存在なのか、ハイムルには納得のゆく答えが見つかりません。けれども彼が愛し、ともに生きた人々のことをハイムルは「すべてをぼくはおぼえている」と言い、さらに、人々が生きた証を忘却と消滅から守る場所のあることを信じています。

あれらの年月はみなどこへ行ったんだろう？　ぼくたちがいなくなったら、だれがそれらをおぼえていよう？　作家たちは書くだろうが、彼らはすべてをめちゃくちゃにしてしまうだろう。どこかに、ある場所がなければならない。そこではすべてが保存され、もっとも細かな細部にいたるまで書き留めてあるんだ。

ハイムルの信じている「すべてが保存され、もっとも細かな細部にいたるまで書き留めてある」場所というのは、先ほど見たように、もともとはアーロンがショーシャに語った「世界の本」という考えです。この「世界の本」のページをさかのぼってめくれば、すでにこの世での生を終えた人々がそこで生き続けている、とアーロンは言いました。この世に生まれて生きた一人一人のすべてが記憶され、時を超えて、宇宙のどこかで永遠に存在し続けているというのです。そうであれば、私たちは虚無の空間にぽつんと生じて、やがて消滅し、あたかも最初から存在しなかったかのように忘れ去られてゆく無意味なものではなくなります。私たちが愛した今は亡き人々も、跡形もなく消えてしまったわけではなく、時間も空間も超越してすべてを包含する絶対的存在に抱かれていることになります。その絶対的存在を神と呼ぶか、ハイムルのように「なんらかの力」と呼ぶかは、さほど重要な問題ではありません。

アーロンはこの「世界の本」を、その場の思いつきで言ったわけではありません。物語のごく初めのほうでアーロンは、「私は文学の目的は時の消滅を阻むことだと信じていた」と言っています。時は刻々と消えてゆきます。私たちが生きた時間はもちろん、私たちが生きたという事実も、時とともに消滅します。それを書き留め、書き残すことによって、忘れ去られて無に帰することから救うのが文学の目的だ、とアーロンは考えているわけです。このアーロンは作者シンガーと重なるところの多い主人公です。物語から推定されるアーロンの年齢とシンガーの年齢がほぼ同じであることに始まって、ワルシャワのクロホマルナというユダヤ人街で少年時代を過ごすこと、ワルシャワにあった〈イディッシュ作家クラブ〉に出入りする若手作家であること、父のあとを継いでラビとなったモイシェという弟がいたこと、またショーシャという名前の幼なじみがいたこと等はシンガーの実人生そのままです。こうしたことと、これまで紹介してきたシンガーのいくつかの作品を考え合わせてみるだけでも、文学についてのアーロンの考えがシンガー自身の考えと同じであることは明らかです。「なぜヘイシェリクは生まれたか」の語り手の「私」もやはり若き日のシンガーと一致する人物ですが、アーロンと同じように「神の無限の図書館」、宇宙の「記録保管所」について語っています。

この「世界の本」の実在をアーロンがどの程度信じているかは、『ショーシャ』の中では明らかにされていません。ただ確実に言えることは、作者シンガーは「世界の本」は実在すべきだと考えていたということ、「神の無限の図書館」、宇宙の「記録保管所」は必ず存在しなければならないと主張しているということです。この世に生まれて、愛し、夢を語り、孤独に震え、苦しみに耐えた一人一人の人生が、ただ跡形もなく消滅してしまってよいはずがない、というシンガーの、神に訴えるかのようなこの強い思いは、彼の信念と呼んでよいでしょう。これがシンガーの作品をしっかりと支え、読者にある種の安らぎを感じさせます。それは、心にしみ入る悲しみに満ちてはいるけれども、深く、大きな慰めを作品にもたらしています。

第五章　抗議の宗教

これまで見てきたようにシンガーは、神を信じて伝統的なユダヤ人としての生き方を守るユダヤ共同体の人々を描きました。また『悔悟者』のシャピロや『荘園』のエズリエルのように、いったんはユダヤの神から離れながら、再びそこへ戻ってゆく主人公の物語も書きました。そしてこの小著ではあまり触れることができませんでしたが、『ショーシャ』のアーロンのように、どうしても神を全面的に受け入れることのできない主人公たちも描いています。

アーロンはラビの息子でありながらユダヤの神に疑問を持ち、敬虔なユダヤ教徒の道からはずれてゆきますが、「ぼくたちは逃げ出すけれど、シナイ山〔モーセが十戒を授かったとされている山〕がぼくたちを追いかける」とも感じていて、神の存在を否定はしません。そんな彼がなぜ神を受け入れることができないかというと、神が創造したとされるこの世界で、命あるものが生きてゆくために互いに殺しあわねばならず、人間の歴史がまさに暴力の歴史であって、それでいながら、創造主であり全能者である神は沈黙を守り続けているからです。「どうして神様はヒトラーを罰しないの?」と問いかけるショーシャに、アーロンは次のように答えます。

「ああ、神はだれをも罰しない。神は猫と鼠を造った。猫は草を食べられない。肉を食べなければならない。猫が鼠を殺すのは猫のせいではないんだ。もちろん鼠に罪はない。神は狼と羊を造り、屠畜人と鶏を造り、足と足が踏みつける虫を造った」

「神様がよくないの?」

「ぼくたちが見るところでは、よくない」

「神様に憐れみはないの?」

「ぼくたちが理解するところでは、ないね」


ヒトラーのポーランド侵攻が目前に迫ったとき、『ショーシャ』のアーロンには、アメリカへ脱出できる機会が訪れます。けれどもそのためにはビザが必要で、ビザが発行される見込みのないショーシャを連れてゆくことはできません。アーロンにそのチャンスをもたらしたベティというアメリカの女優は、「このままじゃ、あなたたちどちらもおしまいよ」と説得を試みますが、アーロンは破滅を覚悟でショーシャとともにワルシャワにとどまることを決意します。「私たちは私たちのちっぽけなゲームをやり、叩きつぶされる運命なのだ」と考えるにいたったアーロンは、神が顧みない、死に定められたユダヤの人々やショーシャとともに滅びることを選びます。神はショーシャを見捨てました。けれどもアーロンは、「ぼくにはできない」と言って、ショーシャを見捨てることを拒否します。ショーシャは大戦勃発の直後に亡くなり、アーロンはホロコーストを生き延びて、すでに述べたように、戦後、友人のハイムルと再会しました。そのときにもアーロンは、「苦しみに答えなんてありえない――苦しむ者たちにだって、ありえない」と言い、命あるものが味わわねばならない苦しみは不当なものであり、その苦しみを償いうる価値や意味は存在しないという考えを変えていません。

彼のこの姿勢は、長編小説『メシュガー』の、『ショーシャ』のアーロンと同姓同名の主人公に明らかに受け継がれています。『ショーシャ』は最初、「魂の探検」という題名で、一九七四年にイディッシュの新聞に連載され、英語訳は題名を『ショーシャ』と改めて七八年に出版されました。『メシュガー』はその三年後の一九八一年から八二年にかけて、「さまよう人々」という題名で、やはりイディッシュの新聞に連載され、英語訳は題名を『メシュガー』として、シンガーの死後一九九四年に出版されています。翻訳作業にはシンガーも加わり、題名の変更もシンガー自身が決めたということが「訳者あとがき」に記されています。「メシュガー」とはイディッシュで、「気の狂った、無分別な、正気を失った」という意味の単語です。主人公のアーロンは『ショーシャ』のアーロンと同姓同名であるばかりでなく、ツツィクというあだ名も同じであり、年齢も一致しています。ただし、『ショーシャ』でアーロンと深いかかわりを持った人々が『メシュガー』で言及されることはなく、ショーシャすら『メシュガー』ではただ一度、安っぽい装飾品を並べる女性を見てアーロンが、「私の幼なじみのショーシャがよくそうした」と言って、名前をあげるだけです。したがって物語そのものの連続性はこの二つの作品にはありません。『メシュガー』の舞台はニューヨークで、物語は第二次世界大戦後の一九五二年に始まり、アーロンは四十七歳になっています。

『ショーシャ』のアーロンが作者シンガーにかなり近い人物であることはすでに述べました。『ショーシャ』のアーロンと作者シンガーの大きな相違点の一つは、シンガーが大戦前にアメリカへ移住したのに対し、『ショーシャ』のアーロンはヒトラーの侵攻が目前に迫ったワルシャワにとどまったことです。一方『メシュガー』のアーロンは、シンガーと同様に第二次世界大戦前にアメリカに移住して、イディッシュ新聞に小説を発表している作家という設定になっています。また『メシュガー』では、アーロンにモイシェという弟がいたことだけではなく、作家となった兄がいたことも語られます。さらには作中で、実際のシンガーの作品に極めて類似したいくつかの作品が、アーロンの小説として話題にされたりもします。つまり、『ショーシャ』のアーロンよりも『メシュガー』のアーロンのほうが、より一層、作者シンガーとの一致点が多い人物となっています。

この『メシュガー』のアーロンは、『ショーシャ』のアーロンと同じく、苦しみに満ちたこの世界を創造した神に対して強い憤りを抱いていますが、それにとどまらず、「抗議の宗教」という考えを表明します。『メシュガー』のアーロンは「抗議の宗教」というエッセイを書いたことになっていて、それについて説明を求められたときに彼は次のように話します。

「私が言いたかったのは、人は神の知恵を信じることはできるが、それでいて神が善のみの源であることを否定することもできるということだった。神と慈悲とは絶対的な同義語ではない」

「だいたいどうして神なんて気にするの？　どうして単に無視してしまわないの？」とミリアムが尋ねた。

「我々は時間や空間や因果律を無視できないように、神を無視することができないんだ」と私は、ミリアムというよりマックスに向かって言った。

「抗議して何の役に立つんだい？」とマックスが訊いた。

「我々はもはや媚びへつらったりマゾヒストにはならないということだ。我々はもう、我々に振りおろされる鞭に口づけしたりしないということだ」


『メシュガー』はシンガーの長編小説の中で、物語がきわめて特異な展開を見せる作品です。主人公を取り巻く外的な状況が結末に向かうにつれて好転してゆくという展開は、シンガーのほかの長編小説には見られません。『メシュガー』以外の作品では、主人公は最終的な決断にいたるまでに、八方ふさがりで逃げ場のない、きわめて厳しい状況に追い込まれます。『ショーシャ』や『モスカット一族』のようにナチスの侵攻を目前に控えた物語はもちろんですが、『荘園』のように主人公がユダヤの伝統に回帰する物語においても、主人公の期待や希望は次々と裏切られ、袋小路に追い込まれていきます。『悔悟者』は、主人公シャピロのもっとも重大な決断が物語の半ば以前に終わっているため、彼を追い詰める事情も早い段階で語られますが、シャピロは妻にも愛人にも裏切られ、帰る場所を失い、それまで彼を支えていた価値観も崩れ去ります。

ところが『メシュガー』では、アーロンを取り巻く環境は、次々に驚くほど良い方向へ向かいます。博愛主義的な人物の介入によってアーロンは財政的な苦労から解放され、イスラエルでは文学賞を受賞し、生まれて初めての名声を味わいます。そうした恵まれた環境の中でアーロンは、ユダヤ人でありながらナチスの協力者であったミリアムという女性を、悩んだ末に受け入れ、結婚を決意します。『メシュガー』は、春も近い雪嵐の日に、結婚式を終えたばかりのアーロンとミリアムが、二人の新居となるミリアムのアパートに戻ってきたところが最後の場面となっています。ミリアムのアパートは暖房に不自由することはまったくない暖かな住まいで、やがて雪も降り止み、まるで二人の結婚を祝福するかのように太陽が顔を出します。壁に掛けられた、ミリアムのかつての愛人でありアーロンの友人でもあった亡きマックスの写真も、明るくほほえみかけています。二人がこれまで乗り越えてこなければならなかった、まさに「メシュガー」と形容するしかないさまざまな事件がすべて解決し、アーロンとミリアムがついに穏やかな港に辿り着いたと言わんばかりの描写がされています。読者は、アーロンがミリアムの暗い過去を知りながら彼女を受け入れる決意をしたことをすでに承知しています。ですから、おそらくほとんどの読者が、アーロンはすべてと和解したのだと感じることでしょう。ところが『メシュガー』の最後のページで、ミリアムが二人のあいだに生まれるかもしれない子供の話を持ち出したときに、アーロンは、読者のそうした解釈を一瞬にして吹き飛ばす予想外の返答をします。

「子供など生まれない」と私は言った。
「どうして?」と彼女が尋ねた。
「きみとぼく、ぼくらはラバのようなものなんだよ」と私は答えた。「一つの世代の最後の者だ」

まさにこれが『メシュガー』の最後の文章です。命の源である神は人を創造し、「生めよ、ふえよ、地に満ちよ」〔「創世記」第一章二八節、口語訳〕と、人間を祝福しました。アーロンの最後の言葉は、この神に対する、明白で断固とした抗議となっています。アーロンは今、彼さえその気になって現状を受け入れてしまえば、落ち着いた幸せな生活を始めることのできる状況にあります。静かで平和な生活を送ることが彼には許されたのですから、日々の幸福に満足して、神の創造したこの世界は結局のところ良いものであると最終的に判断したとしても不自然ではありません。それにもかかわらずシンガーは、最後までアーロンに否と言わせ続けます。アーロンは一貫して、彼が「抗議の宗教」というエッセイで書いたとされている考えを変えません。

この「抗議の宗教」という言葉は、実はシンガーが現実の対談の中で用いた言葉です。リチャード・バーギンとの対談で、シンガーは次のように語っています。

人間が盲目であることと、神が永遠に沈黙を守っていることに関して、私自身は折り合いをつけたと思おうとするのだが、どうしても落ち着けない。私は全能者に深い憤りを感じる。私の宗教は、抗議したいという強い気持ちと深くかかわっている。〔略〕宗教に対して私が抱く感情は抗議に対して抱く感情と同じだ。私は（自分のために）抗議の宗教を作り出そうかと考えてみることさえある。〔略〕私は多くの点で誤ったり矛盾をおかしたりしているかもしれないが、たとえそうであっても私の抗議は本物だ。もしできるなら、看板を掲げて全能者にピケをはりたいよ。「生に対して不当だ」と書いてね。

この対談は一九七九年一月におこなわれたものであることを、シンガー自身が『悔悟者』の「著者あとがき」で述べています。『悔悟者』は一九七三年にイディッシュの新聞に連載されましたが、英語訳は一九八三年に出版されます。英語訳の出版に際してシンガーは、七九年の対談の内容をおぼえている読者が『悔悟者』を読めば、作者の姿勢に疑問を抱くかもしれないと考えて、「著者あとがき」で自分の立場を明らかにしました。

この想像上の私の読者が次のように私に問いかけたとしても、もっともなことである。「あのとき言ったことをあなたは否定するのか？ ついにあなたは生きることの残酷さと和解したのか？」私の率直な答えは、ヨセフ・シャピロはそうしたかもしれないが、私はしていない、というものだ。〔略〕私はいまだに自分に言い聞かせるが、飢えた狼の苦痛にも、傷を負った羊の苦痛にも、正当化は存在しないし、また、ありえない。私たちが肉体を持っていて、およそありうるすべての種類の苦しみを受けやすい以上、生きることにともなう惨禍に対してはいかなる現実的な癒しも見出すことができない。私にとって、神の存在を信じることと、生の法則に対して抗議することとは矛盾しない。

シンガーの小説の主人公たちは、神が存在すること、そして神が全能であり無限の知恵を持つことは認めますが、神が善のみの源であり、慈悲深い存在であるとはどうしても思えないために、伝統的なユダヤ人の道からはずれてゆきます。『荘園』のエズリエルや『悔悟者』のシャピロは、それでもユダヤ教の信仰とユダヤの神を信じる共同体に立ち戻りましたが、シンガー自身はどこまでも、命あるものがこの世で味わう苦しみの不当性を訴え続けるつもりでいることを明らかにしています。シンガーは、この世に生きたすべての人々について書き記した記録保管所が天にあるべきだと考えました。神の創造した世界に生まれた私たち一人一人が耐え忍んだ苦悩や苦痛はすべて書き留められて、永遠に記憶されるべきである、とシンガーは主張します。忘れ去られてしまえば、私たちが耐えねばならなかった苦しみも悲しみも、さらには私たちがこの世に生きたという事実までもが、そもそもの最初から存在しなかったかのように跡形もなく消えてしまうからです。この天の記録保管所は、私たちを無と忘却の淵から救い、永遠なる者の胸元に置いてくれます。私たちの愛する者たちがこの世での生を終えたとしても、消え去るのではなく、時の果てるまで絶対者のもとにとどまるというのであれば、そのことは心の奥深くまで染みわたる深い慰めとなるでしょう。そしてそれと同時に、人のすべての苦悩や悲しみを神は記憶すべきであるというこの主張は、神が造り出したこの世界で命あるものが耐えねばならなかった苦しみは不当なものだと訴える、創造主に対する厳しい抗議ともなりえます。

『メシュガー』のアーロンは、「この世界は私たちの世界ではない。私たちが造ったわけではないし、変える力は私たちにはない」と言いました。そうだとすれば、神の造ったこの世界で生きものが味わわざるをえなかった苦痛を、創造主である神が忘れてよいはずがありません。人は「あしたにもえでて、栄えるが、夕べにはしおれて枯れる」(「詩篇」第九十篇六節)ものにすぎなくとも、人がこの世で耐え忍ばねばならなかった苦しみや悲しみは、忘れ去られてしまうにはあまりに大きく、重いものです。天はそれを永遠に記憶すべきであるというシンガーの主張は、一歩も引かぬ決意で発せられた、創造主に対する抗議の声であると言えるでしょう。

おわりに

スウェーデンアカデミーは私に大変な栄誉を授けてくださいましたが、それはまた、イディッシュを認知していただいたことでもあります——流浪の言語、国土もなく、国境もなく、いかなる政府に支えられることもなく、兵器、弾薬、軍事演習、戦術をあらわす言葉を持たない言語、ユダヤ人でない人々からも、解放されたユダヤ人からも見くだされた言語。実際には、いくつもの優れた宗教が教えさとしたことを、ゲットーに暮らしたイディッシュの話し手たちは来る日も来る日も実践していました。彼らは言葉の本当の意味で書物の民でした。彼らが無常の喜びとしたのは人間と人間関係についての研究であり、それを彼らはトーラーと呼び、タルムード、ムサル〔ユダヤ教の倫理を強調する運動〕、カバラー〔ユダヤ教の神秘思想〕と呼びました。ゲットーは迫害された少数民族の避難所であったばかりでなく、平和についての大いなる実験であり、自己規律とヒューマニズムにおける実験でもあったのです。そういうものとして、残った人々はいまだに存在し、自らを取り巻くあらゆる暴虐にもかかわらず、あきらめることを拒否しています。

これはシンガーがノーベル賞の受賞講演で語った言葉です。ユダヤの人々がイディッシュを母語として、国を持たない特異な民族であったあいだに育み、保ち続けた世界観や価値観は、その成り立ちに応じた独特のものでした。それは、現在の私たちが一国の国民として当たり前に、あるいは、ひょっとすると、これしかないと思いこんで受け入れ、しがみついている世界観や価値観とはかなり異なっています。ユダヤの人々がほぼ二千年ものあいだ諸国に離散して暮らしながら、彼ら独自のものの見方、考え方を失わず、民族としての同一性を保ったことはまさしく驚嘆に値します。また反面、離散のユダヤの人々の思想は、国がなかったからこそ展開されたものであり、その思想は彼らの特殊な境遇においてだけ妥当性を持つにすぎないという意見もありうるかもしれません。けれども仮にそうであったとしても、戦争や暴力に満ち、金銭や物にのみ心を奪われ、つかの間の肉体的快楽を追い求めて、手に入れれば入れるほどさらにほしくなる悪循環に陥っている現代社会とは異なった、別のあり方を思い描いていた人々がいたと知ることは、意味あることではないでしょうか。変えようのない現実だと私たちが思い込んでいるこの世の論理とは全く違った論理を心に抱いていた人々がいたと知ることは、ただそれだけで大きな価値があるのではないでしょうか。

シンガーはこの、今はなき世界を、そこで暮らした人々が母語としていたイディッシュで書き続けました。その作品のほとんどが、ホロコーストによって抹殺された東ヨーロッパのユダヤ共同体や、アメリカに移住しても昔ながらの価値観を棄てきれない人々を扱っています。しかしながらシンガーは、東ヨーロッパのユダヤ共同体の典型的なユダヤ人を描きたかったわけでも、東ヨーロッパからアメリカへ移住した典型的なユダヤ移民を書くつもりだったわけでもありません。シンガーの関心はあくまでも個人にありました。したがってシンガーは、どのような人物がどこにいて、何を考え、何を言い、何をしたかを中心に書いてゆきます。『荘園』や『モスカット一族』のような、年代記と言っていい長大な作品であっても、個々の登場人物がそれぞれ主人公であるかのように、みごとに描きされています。失われてしまったのは、伝統的なユダヤ共同体であると同時に、そこで生きていた一人一人の人間であり、その人々の、二つと同じもののない人生です。悲しければ泣き、楽しければ笑い、愛し合い、孤独におびえ、人知れず苦しみ、耐え、夢を語った、かけがえのない個人であり、その人の人生です。シンガーはこのような個々の人物に焦点を当て、描き出すことによって、今はなき世界を私たちの前によみがえらせようとしているのだと言えるでしょう。

「なぜヘイシェリクは生まれたか」が収録されている短編集『まぼろし』の「作者まえがき」でシンガーは次のように書いています。

文学は将来を設計するのではなく、過去を扱わねばならない。それはできごとを描写すべきであって、観念を分析するものであってはならない。その主題は個人であって、集団ではない。

まさにこの言葉のとおり、今はなき世界の名もない個人の、天の記録保管所に納められるべき物語を一つ一つ書き留めて、無と忘却の淵から救うことを、シンガーは「国を持たない作家」としての自らの使命としていたのだろうと思われます。シンガーの描き出した人々は、一国の国民として生きている私たちに多くのことを教えてくれます。そして、宇宙のどこかに天の記録保管所が存在するというシンガーの考えは、生きることの重さと一つ一つの命のかけがえのなさについて、改めて私たちに考えさせます。

最後に、冨岡悦子所長をはじめとする鶴見大学比較文化研究所所員の皆様に、本書をまとめる機会を与えてくださったことに対して心より感謝いたします。

日本語に翻訳されたアイザック・バシェヴィス・シンガーの作品

長編小説
『奴隷』井上謙治訳、河出書房新社、一九七五年
『罠におちた男』島田太郎訳、晶文社、一九九五年
『ルブリンの魔術師』大﨑ふみ子訳、吉夏社、二〇〇〇年
『ショーシャ』大﨑ふみ子訳、吉夏社、二〇〇二年
『悔悟者』大﨑ふみ子訳、吉夏社、二〇〇三年、など

短編小説
『愛のイエントル』邦高忠二訳、晶文社、一九八四年

短編集
『短かい金曜日』邦高忠二訳、晶文社、一九七一年
『カフカの友と20の物語』村川武彦訳、彩流社、二〇〇六年
『タイベレと彼女の悪魔』大﨑ふみ子訳、吉夏社、二〇〇七年、など

童話

『やぎと少年』工藤幸雄訳、岩波書店、一九七九年

『お話を運んだ馬』工藤幸雄訳、岩波書店、一九八一年

『まぬけなワルシャワ旅行』工藤幸雄訳、岩波書店、一九八三年、など

回想録

『よろこびの日』工藤幸雄訳、岩波書店、一九九〇年

そのほか、『ユリイカ』(青土社、一九七九年十月号)に「マーケット街のスピノザ」(渋谷雄三郎訳)が、『海』(中央公論社、一九八一年六月号)に「カフカの友達」「再会」「原稿」「ブラジルの一夜」「観光バス」(飛田茂雄訳)が、『ニュー・ゴシック』(新潮社、一九九二年)に「敵」(鈴木晶訳)が、『東欧怪談集』(河出文庫、一九九五年)に「バビロンの男」(西成彦訳)が、『エソルド座の怪人』(早川書房、二〇〇七年)に「死んだバイオリン弾き」(大崎ふみ子訳)が、それぞれ収録されている。

【著 者 紹 介】

大嵜ふみ子（おおさき・ふみこ）

1953年生まれ。鶴見大学教授。アイザック・バシェヴィス・シンガーの翻訳のほか、主な論文に、「『荘園』（アイザック・B・シンガー）――ユダヤ人への復帰」、「I・B・シンガーの長篇小説――ユダヤの伝統と主人公たち」、「靴とユダヤ人――アイザック・バシェヴィス・シンガー『小さな靴職人たち』」、「ホロコースト後の世界で――I・B・シンガー『敵たち、ある愛の物語』」などがある。

〈比較文化研究ブックレットNo.6〉

国を持たない作家の文学

ユダヤ人作家アイザック・B・シンガー

2008年3月14日　初版発行

著　　　者　大嵜ふみ子
企画・編集　鶴見大学比較文化研究所
発　　　行　神奈川新聞社
　　　　　　〒231-8445　横浜市中区太田町2-23
　　　　　　電話　045（227）0850
印　刷　所　神奈川新聞社営業局出版部

定価は表紙に表示してあります。

「比較文化研究ブックレット」の刊行にあたって

比較文化は二千年以上の歴史があるが、学問として成立してからはまだ百年足らずである。近年、世界のグローバル化に伴いその重要性は増してきている。特に異文化理解と異文化交流、異文化コミュニケーションといった問題は、国内外を問わず、切実かつ緊急の課題として現前している。同時多発テロの深層にも異文化の衝突があることは誰もが認めるところであろう。

さらに比較文化研究は、あらゆる意味で「境界を超えた」ところに、その研究テーマがある。国家や民族ばかりではなく時代もジャンルも超えて、人間の営みとしての文化を研究するものである。インターネットで世界が狭まりつつある二十一世紀が、同時多発テロと報復戦争によって始まったことは歴史のパラドックスであろう。文化もテロリズムも戦争も、その境界を失いつつある現在、比較文化研究はその境界を超えた視点を持った新しい学問なのである。

鶴見大学に比較文化研究所準備委員会が設置されて十余年、研究所が設立されて三年を越えて機も熟し、本シリーズの発刊の運びとなった。比較文化論は近年ブームともいえるほど出版されているが、その多くは思いつき程度の表面的な文化比較であり、学術的検証に耐えうるものは少ない。本シリーズは学術的検証に耐えつつ、啓蒙的教養書として平易に理解しやすい形で、知の文化的発信を行おうという試みである。大学およびその付属研究所の使命は、単に閉鎖された空間における学術研究のみにその使命があるのではない。ましてや比較文化研究が閉鎖されたものであって良いわけがない。広く社会にその研究成果を公表し、寄与することこそ最大の使命であろう。勿論、研究所のメンバーはそれぞれ機関誌や学術誌に各自の研究成果を発表しているが、本シリーズでより豊かな成果を社会に問うことを期待している。

二〇〇二年三月

鶴見大学比較文化研究所　所長　相良英明

比較文化研究ブックレット近刊予定

■イッセー尾形の作り方　演劇ワークショップの地域比較について　吉村順子

05年度から実施されている演出家森田雄三による、素人を対象として即興劇を作るワークショップは全国で30カ所を超えてなお活動継続中である。本ワークショップでは、参加者の固有性が表現受容されると同時に、その開催地の固有性が顕わになっている。本論ではこれまでの30数カ所のワークショップ開催地がもつ、地域の特性、表現の特徴について記述し、比較したい。いわば、演劇ワークショップを通じて見る「土地の力」を書き留める作業となる。「土地の力」は個人に「地域性」という個性を与える。演劇表現にみる地域の個性を感じてほしい。

■宮崎駿における多文化主義と間文化性　相良英明

夏目漱石と宮沢賢治と手塚治虫と宮崎駿には共通する特質がある。それは異文化融合によって日本に新しい文化を生み出したことである。特にジブリの名を世界にとどろかせたアカデミー賞受賞の宮崎駿監督は、異文化融合と多文化主義によって、ジャパニメーション（ＡＮＩＭＥ）の特異性を、世代と国境を越えた普遍性に変えたのである。「ナウシカ」から「ハウル」に至る宮崎駿の軌跡を辿りながら、彼の作品の間文化性と多文化主義を読み解く。

■近代フランス・イタリアにおける悪の認識と愛Ⅱ　加川順治

苦痛・不安を回避させる快楽・快適さしか求めない傾向にある現代日本では、近代西欧の古典は気の知れない何かになりつつあるようだ。人間の悪（暴力と不可分な弱さ、自己愛）への執拗な警戒的視線は自虐的な卑屈さとしか見えず、孤独・無力を露わにもする激しい愛の大人っぽい（慰撫・幻想を与えない）肯定も、肯定とは受け取られない。かくして消去される〈肉の存在〉としての人間の認識。だが、その種々層をボードレール、プルースト、サン＝テグジュペリ、ダンテ、レオパルディに見て行きたい。

比較文化研究ブックレット・既刊

No. 1　詩と絵画の出会うとき　～アメリカ現代詩と絵画～　森　邦夫

ストランド、シミック、ハーシュ、3人の詩人と芸術との関係に焦点をあて、アメリカ現代詩を解説。

Ａ5判　57頁　定価630円（本体600円）

978-4-87645-312-2

No. 2　植物詩の世界　～日本のこころ　ドイツのこころ～　冨岡悦子

文学における植物の捉え方を日本、ドイツの詩歌から検証。民族、信仰との密接なかかわりを明らかにし、その精神性を読み解く！

Ａ5判　78頁　定価630円（本体600円）

978-4-87645-346-7

No.3 近代フランス・イタリアにおける悪の認識と愛　加川順治

ダンテの『神曲』やメリメの『カルメン』を題材に、抵抗しつつも〃悪〃に惹《ひ》かれざるを得ない人間の深層心理を描き、人間存在の意義を鋭く問う！

A5判　84頁　定価630円（本体600円）

978-4-87645-359-7

No.4 夏目漱石の純愛不倫文学　相良英明

夏目漱石が不倫小説？　恋愛における三角関係をモラルの問題として真っ向から取り扱った文豪のメッセージを、海外の作品と比較しながら分かりやすく解説。

A5判　80頁　定価630円（本体600円）

978-4-87645-378-8

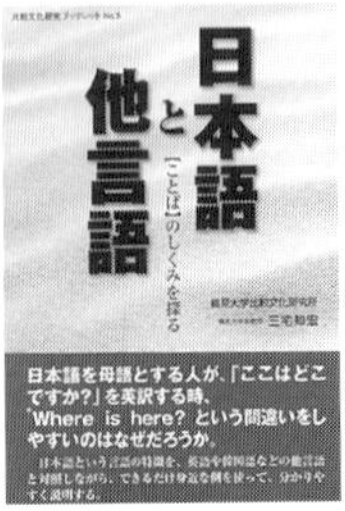

No.5 日本語と他言語【ことば】のしくみを探る　三宅知宏

日本語という言語の特徴を、英語や韓国語など、他の言語と対照しながら、可能な限り、具体的で、身近な例を使って解説。

A5判　88頁　定価630円（本体600円）

978-4-87645-400-6